KB062311

로크미디어가
유혹하는
재미있는 세상

예지몽으로 히든랭커 19

2022년 6월 10일 초판 1쇄 인쇄
2022년 6월 15일 초판 1쇄 발행

지은이 이현비
발행인 김정수 강준규

기획 이기헌 왕소현 박경무 강민구
책임편집 백승미
마케팅지원 이원선

발행처 (주)로크미디어
출판등록 2003년 3월 24일
주소 서울시 마포구 성암로 330 DMC첨단산업센터 318호
Tel (02)3273-5135 **편집** 070-7863-8595 **Fax** (02)3273-5134
홈페이지 rokmedia.com **E-mail** rokmedia@empas.com

ⓒ 이현비, 2021

값 8,000원

ISBN 979-11-354-6419-5 (19권)
ISBN 979-11-354-9382-9 04810 (세트)

예지몽으로 히든랭커

이현비 게임 판타지 장편소설 ⑲

CONTENTS

새로운 목표

"그렇긴 하지만 난 죽을 뻔했습니다."

정말 위험했다. 그 순간을 생각하면 모골이 송연해진다.

'복상사할 뻔했어!'

"그 점에 대해서는 죄송하다는 말밖에는 드릴 말이 없어요."

성녀는 고개를 들지 못했는데 사과를 하는 목소리에서 그녀의 진심을 느낄 수 있었다.

'처연하면서도 고혹적이네.'

몸을 섞어서 그런지 그런 모습마저 아름답게 보였다.

"사실 의식은 제가 가진 신성력으로 현신자의 몸이 신성력에 적응할 수 있도록 해 주는 과정인데 우트님이 이렇게 막

대한 신성력을 전해 주실지는 몰랐어요."

"그럼 이전에도 이런 경험이 있었던 겁니까?"

왠지 있었다면 하면 서운할 것 같았는데 성녀가 고개를 세차게 흔들자 마음이 좀 풀리는 기분이다.

"그, 그런 적은 맹세코 없었어요! 그저 제가 찾아봤던 선대 성녀들의 기록과 비교했을 때 그랬다는 거죠."

"알았어요. 아무튼 좀 더 설명을 해 줘요."

가온은 성녀의 격렬한 반응에 왜 자신이 뿌듯한 건지 모르겠지만 일단 그녀의 흥분을 가라앉혔다.

"아프긴 했지만 모, 몸을 결합한 상태에서 기록에서 본 대로 기도문을 암송하면서 제가 쌓은 신성력을 온 님의 몸 안에 주입해서 신성력을 제대로 받아들일 수 있도록 닦아 주겠다는 마음만 염원했거든요."

가온은 성녀가 남자 경험이 처음이라는 말에 살짝 감동을 받았지만 그녀의 말을 경청했다.

"그곳이 너무 아파서 더 기도에 집중했어요. 그런데 어느 순간 감당하기 힘들 정도로 엄청난 신성력이 전해지고 곧바로 온 님의 몸으로 이동했어요. 그런데 그 양이나 속도가 너무 엄청나서 어느 순간 저도 버티지 못하고 몸이 터진다는 생각과 함께 충격으로 의식을 잃었어요."

그렇다면 막대한 신성력이 전해진 것은 성녀의 의지가 전혀 아니라는 말이다.

"그럼 지금 성녀의 신성력은 어떤 상태입니까?"

가온은 혹시 자신이 성녀의 신성력을 모두 흡수해 버린 것은 아닌지 조금 걱정이 되었다.

"그게 그러니까…… 이전보다 몇 배는 더 많아졌어요!"

가온의 질문에 자신의 상태를 확인한 성녀가 놀란 얼굴로 소리쳤다.

가온은 성녀가 평생 쌓아 온 신성력을 잃지 않아서 다행이라고 생각했고 비로소 마음이 좀 편안해졌다.

"그런데 언제 정신을 차린 겁니까?"

"그, 그게……."

성녀는 부끄러웠는지 얼굴이 터질 것처럼 붉어졌다. 그리고 잠시 후 조심스럽게 입을 열었다.

"다시 정신을 차린 것은 돌처럼 굳어 있던 현신자가 움직이기 시작했을 때였어요. 아무래도 현신자는 우트님의 사랑을 받는 것 같아요."

"제가 말입니까?"

"이런 경험 자체가 처음이기는 하지만 전대 성녀들이 남긴 기록과 비교를 해 봐도 이렇게 크게 화답해 주신 적은 없었거든요. 저조차 감당할 수 없을 정도였으니까요."

성녀도 이럴 줄은 몰랐다고 하니 탓을 할 수도 없고 결과적으로는 자신이 기연을 얻은 것이나 마찬가지이니 더욱 화를 낼 수가 없었다.

"그런데 성녀의 몸은 괜찮습니까?"

"괜찮지는 않아요. 신성력이 크게 늘기도 했지만 한 번에 너무 많은 신성력의 통로가 되는 바람에 몸이 이상해졌어요. 제 몸이 아닌 것 같아요."

"지금 성녀의 외모가 20대 후반으로 보이는 건 압니까?"

처음 성녀를 봤을 때와 비교하면 10년 정도는 어려진 것 같았다.

"제, 제가 말이에요?"

가온은 고개를 끄덕였다.

얼굴이야 자신이 확인할 수 없지만 자신의 몸을 살펴보던 성녀의 눈이 커졌다.

늘어진 것은 아니더라도 탄력을 잃어 가던 피부가 한창때처럼 탄력이 느껴진다는 사실을 확인한 것이다.

"그, 그럼 내가 화신자가 된 거야? 성녀가 화신자가 된 경우는 없었는데……."

성녀는 믿을 수가 없는지 혼잣말을 하다가 멍한 얼굴이 되었다.

"그럼 레비야는 화신자가 될 수 없는 겁니까?"

"그렇기는 한데, 실은 잘 모르겠어요. 레비야의 기도에도 화답해 주실 가능성이 없는 건 아니거든요. 아득한 옛날, 첫 번째 현신자의 경우에는 모든 사제를 화신자로 삼았다는 얘기가 구전으로 내려오긴 해요."

"그런 얘기를 하고 싶은 것이 아니라 성녀께서 나의 화신자가 되었으니 레비야와는 굳이 의식을 치를 필요가 없다는 말을 하고 싶은 겁니다."

"그건 그런데……."

뭔가 문제가 있는 것 같았지만 이렇게 성녀와 깊은 관계를 맺고 다시 레비야와 관계를 맺을 생각은 없었다.

'사랑도 없이 육체관계를 더 맺는 건 아니지.'

신성력을 매개로 하는 의식이라고는 하지만 남녀의 일이기도 하다. 꼭 죽을 뻔했던 경험 때문이 아니라 사랑이 없는 육체관계를 더 맺을 생각은 전혀 없었다.

"내 이름은 알고 계실 테고, 성녀의 이름은요?"

문득 성녀의 이름이 궁금했다. 이런 관계가 되었으니 직위나 신분이 아니라 사람 그 자체로 알고 싶었다.

"아나샤라고 해요."

"아나샤, 나의 화신자가 되어 우트 신의 의지를 실현합시다."

"성녀의 자리를 내놓으면 되니 불가능한 일은 아닌데 정말 저로 괜찮으시겠어요? 저는 나이도 많고……."

눈은 기뻐하는 것 같은데 나이 얘기를 하며 빼는 것을 보니 성녀도 여자이기는 한 모양이다.

"나는 아나샤가 마음에 들어요. 성녀로서도 그렇지만 여자로서도 말입니다."

비록 우트가 전해 준 신성력을 받기는 했지만 성녀를 단순한 힘의 매개체로만 대하고 싶지는 않았다.

　'마음에 들기도 하고.'

　아나샤는 여인으로서도 그의 마음을 움직였다.

　애초에 우트의 신자가 아니라서 성녀라는 이름이 가지는 아우라에 선입관도 없었거니와 육체관계를 맺어서 그런지 처음에는 느끼지 못했던 많은 매력이 눈에 들어왔다.

　가온의 말을 들은 아나샤가 얼굴을 붉혔다. 그가 '여자로서'라는 말을 강조해서 그런 모양이다.

　"비록 우리가 사랑하는 사이는 아니지만 어쨌건간에 깊은 관계를 맺었습니다. 그리고 그 결과로 현신자와 화신자가 되었고요."

　아나샤가 울 것 같은 얼굴로 고개를 끄덕였다.

　"나는 우트 신을 믿는 사람이 아니라서 그분이 힘을 전해 주는 뜻은 알지 못하지만 현신자의 책임을 회피할 생각은 없습니다. 아나샤에게는 의식에 불과했을지는 몰라도 나에게는 아나샤를 내 여인으로 받아들이는 의식이기도 했습니다. 이제 내게 아나샤는 우트 신의 화신자이자 내가 사랑하고 싶고 사랑해야 할 매력적인 여인이라고 생각합니다. 나는 세상의 뤼나웜을 박멸할 겁니다. 그것이 우트 신이 원하는 그 길인지는 알 수 없지만 그대와 함께하고 싶습니다."

　아나샤는 말없이 잠시 눈을 감았는데 어떤 결론을 내렸는지 몰라도 굵은 눈물이 주르르 흘렀다.

　잠시 후 손등으로 눈물을 훔친 그녀는 결정을 한 듯 고개를 작게 끄덕이며 입을 열었다.

　"제 삶에서 이런 날이 올 줄은 꿈에도 몰랐지만 가장 행복한 시간이에요. 온 님의 뜻대로 할게요. 다만 신전과 제 일을 처리하는 데 시간이 좀 걸리니 사흘만 기다려 줘요."

　상행 건은 여유가 있으니 시간은 괜찮았다.

　"여관에서 기다릴 테니 나머지는 아나샤가 잘 처리해 줘요."

　"걱정하지 마세요. 레비야에게도 잘 얘기를 해 둘 테니까요. 레비야는 정식 사제가 되는 것이 꿈이었으니, 나쁘지 않도록 일을 처리할게요. 사흘 안에 모든 일을 처리하고 온 님에게 갈게요."

　여전히 눈물을 흘리고 있는 아나샤가 그 말과 함께 가온의 품에 안긴다.

　"아나샤, 지금 당장은 서로에게 그냥 호감만 있는 상태지만 우리 앞으로 잘해 봅시다."

　"알겠어요."

　수줍어하는 성녀의 모습과 특유의 체향, 그리고 맞닿은 부드럽고 풍만한 가슴의 감촉이 다시 가온의 열정을 일깨우고 말았다.

　가온이 뜨거운 눈으로 그녀의 눈을 쳐다보며 천천히 입을 맞추자 아나샤가 새빨갛게 달아오른 얼굴로 그의 입술을 받아들였다.

"아아아!"

두 사람은 이번에는 아무런 제약이나 방해 없이 사랑의 행위에 빠져들었다.

그렇다고 내내 사랑만 한 건 아니고, 쉬는 시간에는 서로를 끌어안고 성녀가 어떻게 살아왔는지에 대한 대화를 나누었다.

'아무래도 성녀라는 신분 때문에 누구와도 이런 개인적인 대화는 나누지 않았던 모양이네.'

자신이 살아온 이야기를 하는 성녀의 얼굴은 무척 편안하고 후련해 보였고 생동감마저 느껴졌다.

가온은 시간이 갈수록 조금은 수다스럽게 자신의 이야기를 하는 성녀의 모습에서 새로운 매력을 느낄 수 있었다.

───※───

신전에서 나온 건 밤늦은 시간이었다.

여관에 도착하니 아레오가 별채 밖에 나와 있었다.

"나 왔어."

"왔군요. 안 들어오는 줄 알았어요."

아레오가 환하게 웃으며 그의 품으로 달려와 안겼는데 어쩐지 표정이 쓸쓸하다 못해서 슬퍼 보였다.

"그런데 왜 나와 있었어?"

"그냥요."

"날이 쌀쌀하네. 들어가자. 술 한잔하면 좋을 날이네."

"그냥 여기서 마셔요."

아레오가 작은 초에 투명한 뭔가를 씌운 등이 놓인 야외 테이블을 가리켰다.

"그러자."

가온은 아공간 주머니에서 와인과 잔, 그리고 건과일을 꺼내 테이블에 놓고 자신이 걸치고 있던 외투형 방어구를 아레오에게 씌워 주었다.

"별이 참 밝네."

"그러게요."

두 사람은 천천히 와인을 마시며 별 구경을 했다.

지구와 달리 하늘 가득 박혀서 제각기 다른 빛을 내는 수많은 별의 향연이 펼쳐져 있어 그냥 보는 것만으로도 마음이 편안해졌다.

아레오는 신전에서 일어난 일에 대해 묻지 않았고 가온도 굳이 얘기하고 싶지 않았다. 조만간 성녀가 합류할 테니 그때 얘기할 생각이다.

특별한 대화가 오간 건 아니지만 두 사람은 그냥 이 자리와 편안한 대화 그리고 분위기가 좋아서 밤이 이슥할 때까지 그렇게 밖에 앉아 있었다.

이른 새벽, 격렬한 사랑의 결과로 완전히 곯아떨어진 아레오의 알몸에 이불을 덮어 준 가온이 가볍게 옷을 챙겨 입고 밖으로 나왔다.

아나샤로 인한 기연 때문인지 아니면 이젠 정말 사랑하고 있다고 확신할 정도로 가까워진 것 같은 아레오로 인한 행복감 때문인지 통 잠을 이룰 수가 없었다.

게다가 신전을 나오면서부터 떠오른 생각이 그를 고민에 빠뜨렸다.

'굳이 상행에 합류해야 할까?'

레비야와 비교하면 거의 열 배에 가까운 신성력을 보유했고 다양한 신성 마법을 발휘할 수 있는 아나샤가 합류할 예정이고, 플라위스들도 예속시켰으니 전력이 급상승했다.

차라리 함께 던전을 공략해서 아레오의 마법 능력을 비약적으로 상승시킨 후 바로 뤼나웜을 사냥해도 되지 않을까 싶었다.

'시간이 아까워.'

벼리 덕분에 지구나 탄 차원에 별다른 일이 벌어지지 않았다는 사실 정도는 알고 있지만 괜한 조급증이 들었다.

'만약 지구에도 던전들이 생성될 거라면 미리 준비를 해야 하는데……'

분명히 두 번째 예지몽에서 그런 일이 벌어진다. 그리고 그 던전들로 인해서 엄청난 피해가 발생하고 시간이 좀 더 흐른 후에야 랭커들이 출현해서 던전을 공략한다.

문제는 던전이 한국 그것도 천안에 생성될 경우다. 워낙 긴 시간에 해당하는 예지몽을 꾸어서 그런지 던전이 언제 어느 곳에서 생성되는지는 생각이 나지 못했다.

다만 기억이 나는 건 부모님도 던전 때문에 피해를 입어서 자신이 완전히 돌아 버린 상태에서 던전들을 공략했고, 그 바람에 정체가 드러나서 언론은 물론이고 정부나 세이뷰어 측으로부터 한동안 시달림을 받았었다.

'던전이 생성된 직후에 모조리 공략을 해 버리면 되는데.'

물론 전 세계가 무대가 아니라 한국에만 해당하는 일이다. 굳이 타국까지 신경을 쓸 이유는 없으니 말이다.

아무튼 던전 건에 대한 확실한 내용을 모르는 이상 아무리 이곳이 탄 차원에 비해 100배 느리게 흘러가는 세상이라고 해도 성과 확대를 감안할 필요가 없이 모든 역량을 투입해서 하루라도 빨리 의뢰를 완수하는 편이 나았다.

한번 그런 생각을 하자 도무지 마음이 안정되지 않았다.

가온은 결국 벼리에게 조언을 구했다.

'넌 어떻게 생각해?'

―오빠 생각도 일리는 있지만 걸리는 게 있어요.

'뭐가?'

－업그레이드된 갓상점에서 오빠에게 꼭 필요한 아이템을 찾은 것 같거든요. 그 아이템이라면 오빠가 걱정하는 문제를 간단하게 해결할 수 있을 것 같아요.

　'그런 아이템이 있다고?'

　－네, 오빠. 그런데 가격이 굉장히 비쌌어요.

　'그게 뭔데?'

　－한번 같이 확인해 봐요.

　벼리의 요청에 갓상점을 열어 한 아이템을 확인한 가온은 깜짝 놀랐다.

　'이런 아이템도 있었어?'

　자신에게 꼭 필요한 아이템이 맞았다.

동화의 인

등급 : Undefined

상세

－동일한 영혼이 운용하는 분신, 아바타 혹은 캐릭터와 본체를 동화시킬 수 있다.

－외양은 물론 능력도 선택적으로 동화가 가능하다.

－본신과 분신의 육체 발달 상태가 동화율에 영향을 미친다.

　내용은 간단했지만 그 의미는 엄청났다.

　'현재의 아바타와 지구의 내 본체를 동화시킬 수 있어.'

　지구에서 별도로 수련을 하지 않아도 현재의 능력을 사용할 수 있다니 이 얼마나 대단한 일인가.

말이 그렇지 지금 실력을 가지기 위해서 굉장히 많은 시간과 노력을 투자해 왔고 기연들도 한몫을 했다. 절대로 수련이나 갓상점만으로는 이룰 수 없는 경지였다.

거기에 지구는 탄 차원이나 이곳과 달리 마나의 농도가 현저하게 엷은 곳이기 때문에 수련만으로는 지금 아바타의 경지에 도달하는 것은 불가능했다.

그런데 '동화의 인'은 그런 시간과 노력 그리고 기연이 없이도 지금의 능력을 캡슐 안에 있는 현실의 육체에 이식시킬 수 있는 것이다.

동화율이 있기는 하지만 그것은 노력과 수련으로 빠르게 높일 수 있었다.

'정말 그렇게만 된다면 지구, 최소한 한국에 닥치는 위기도 나 혼자서 해결할 수도 있어!'

아나샤와의 관계 덕분에 지금 자신의 능력은 탄 차원을 기준으로 소드마스터를 초월해서 그랜드마스터 경지에 진입했다.

거기에 이 아이템이 더욱 매력적인 것은 지구는 이곳은 물론 탄 차원보다 마나가 현저히 적은 곳이라서 동일하게 수련이나 던전을 공략해도 현재 경지는 절대로 오를 수 없다는 사실이다.

가온은 반드시 이 아이템을 손에 넣고 싶었다.

하지만 문제는 가격이었다.

'3억! 3억 명예 포인트라고?'

뜨하!

입이 떡 벌어졌다. 물론 가치는 충분히 인정하지만 이건 너무 심하지 않은가.

이론적으로 생각하면 점보 던전에 해당하는 등급의 던전 30개를 공략하면 얻을 수 있는 포인트다. 그 과정과 시간을 생각하면 심각할 정도로 높은 가격이다.

무엇보다 예지몽 속에서도 점보 던전처럼 EX 등급의 던전이 발견된 것은 몇 번이 안 된다. 즉 3억 포인트를 획득하려면 족히 수백 개의 던전을 공략해야 한다는 말이다.

그 생각을 하자 벌써 지치는 느낌이 들었는데 벼리가 희망을 주었다.

―오빠, 그래도 방법은 있어요.

'어떤 방법?'

―성과 확대를 최대한 받는 거요. 이번 의뢰만 해도 최대 5천만 포인트를 얻는 것이 가능하고 정령 소환과 매직 아이템 사용을 최소한으로 하면 추가로 더 얻을 수 있잖아요.

맞는 말이다. 어쩌면 최대 1억 포인트까지도 획득할 수 있을지도 모른다. 그렇게 되면 차원 용병으로 짧게는 서너 번, 길게는 대여섯 번 정도면 동화의 인을 구입할 수 있었다.

'이렇게 되면 원래 생각대로 밀어붙여야만 하나?'

-그게 나을 것 같아요.

'시간이 너무 오래 걸릴 것 같아서 그러지.'

-그래도 양 차원의 시간 비율이 1 : 100이니 그리 오랜 시간은 아닐 거예요.

맞다. 서두를 필요는 없었다. 무슨 일이 생기면 벼리가 알려 줄 테고.

'그래. 네 말대로 할게.'

자신의 추가 능력을 봉인한 상태로 의뢰를 완수해서 성과를 최대한으로 확대해서 받는 것이 현재로서는 최선이다.

새로운 목표가 생겼다.

'반드시! 반드시 동화의 인을 구입할 거야!'

가온은 자신의 모든 것을 걸고 새로운 목표에 매진하겠다고 다짐했다.

이른 시간, 알레랑을 벗어나는 대규모 상행이 사람들의 눈을 끌었다. 4두 마차만 무려 100대가 넘었고 마부를 포함한 200여 명의 상단원과 호위 300여 명까지 포함된 엄청난 규모였다.

오래전부터 다리안 왕국의 수도였던 만큼 불과 얼마 전까지만 해도 이런 대규모 상행이 적지 않게 보였던 알레랑이지만 뤼나웜의 본격적인 발호 이후에는 무척 드문 일이었다.

가온은 상행의 선두에서 말을 타고 가고 있었다. 신전의 일을 마무리하는 과정이 힘들었는지 오늘 새벽에야 겨우 합류한 아나샤와 마법사인 아레오는 마법사들을 위해 배정된 마차에 타고 있었다.

가온의 관심은 100여 미터 앞에서 길을 열고 있는 사람들에게 쏠려 있었다. 달리아트족 전사들이었다.

'엘프와 드워프 혼혈이라서 그런지 키가 무척 크면서도 아주 건장하네.'

그들은 옆이 아니라 살짝 위로 솟은 귀를 제외하고는 외관상 엘프와 드워프의 특징은 거의 없었다.

100여 명 전부가 키가 무척 크며 단단한 몸을 가지고 있는 달리아트족은 한눈에도 강한 근력과 높은 민첩성을 가지고 있음을 알 수 있었다.

엘프의 후예답게 용모도 뛰어났다. 남자의 경우 수염이 상당히 많고, 20여 명에 불과한 여자들은 모델처럼 균형 잡힌 몸으로 눈길을 끌었는데, 다들 균형 잡힌 수려한 이목구비를 가지고 있었다.

가온은 달리아트족 전사 네 명으로 하여금 먼저 전방을 정찰하도록 지시했다.

상단 호위 중에서도 정찰에 특화된 이들이 있다고 들었지만 바크라까지 가는 길은 대부분 산을 끼고 있어 오랫동안 숲에서 살아온 이들이 나을 것 같다는 판단에서였다.

이제 막 출발했지만 상행의 분위기는 가볍지만은 않았다.

그럴 이유가 있었다. 먼저 바크라 방향으로 떠난 중규모 상행 세 개가 더 이상 연락이 되지 않는다는 소식이 알레랑에 널리 퍼진 것이다. 당연히 분위기가 심각할 수밖에 없었다.

중규모 상행의 경우 마법사 전력이 필수이기 때문에 마법 전신을 이용한 연락이 안 된다는 것은 전멸을 의미했다.

그 정도로 이번 상로(商路)는 위험했다. 재앙이나 다름없는 존재인 뤼나웜을 피해서 북쪽 혹은 산맥 쪽으로 이동한 마수와 몬스터 들이 그만큼 많았다.

그래도 일국의 수도인 알레랑에서 마차로 반나절 거리까지는 별일이 없었다. 알레랑의 전사들이 수시로 나와서 토벌을 하기 때문이다.

하지만 적당한 곳에서 간단히 점심을 먹고 출발한 지 2시간 정도가 지났을 때 정찰조들이 안 좋은 소식을 가지고 돌아왔다.

가온은 곧바로 수뇌부를 불러 모았다.

상단들을 대표로 단 상단주, 상단 호위 전사들을 대표해서 골드급 전사인 로테른, 달리아트족 전사장이자 역시 골드급 전사인 야쿰바, 마지막으로 마법사를 대표하는 홀리오가 가온은 소집한 멤버였다.

"고개 너머에 대형 오크 무리가 자리를 잡았답니다."

"거긴 오늘 밤을 보내려고 했던 사렐 마을이 있던 곳인데……."

사람들은 잠시 아무 말도 하지 못했다. 마을 사람들이 어떻게 되었는지 충분히 짐작할 수 있었다.

"그럼 오크들이 자리를 잡은 지 얼마 되지 않았다는 거군요?"

바라스로 향했던 상단들의 연락이 끊어졌다는 사실을 통해 강력한 마수나 몬스터가 상행을 공격했을 거라고 생각했는데, 초반부터 이런 일이 벌어질 줄이야.

시간이 갈수록 인간들의 영역이 축소되고 있음을 누구보다 잘 알고 있던 단 상단주와 호위 전사들이지만 일국의 수도에서 채 하루도 걸리지 않는 곳에 오크들이 자리를 잡았다는 것은 큰 충격이었다.

"규모는 어떻게 된다고 합니까?"

가장 먼저 정신을 차린 단이 질문했다.

"적어도 1천 마리는 되는 것 같다고 합니다."

"그 정도면 우리 전력으로는 쉽지 않을 겁니다."

"전부 전사 계급은 아닐 테니 상대해 볼 만하지 않겠습니까?"

달리아트족 전사장인 야쿰바의 말에 상단 연합의 호위장인 로테른이 호기롭게 반대 의견을 밝혔다.

사실 로테른이 그렇게 판단한 것도 나름 타당했다. 보통 오크의 경우 전사 계급은 전체의 3할에서 4할 정도였기 때문이다.

물론 그럼에도 불구하고 전사 비율이 높은 것이지만 이쪽도 전사만 300명이 넘고 마법사들도 있으니 충분히 승산이 있긴 했다.

그런데 야쿰바가 고개를 저으며 자신의 의견을 밝혔다.

"얼마 전까지 인간의 마을이 있었는데 오크가 자리를 잡았다고 했지요? 그렇다면 놈들은 독립을 위해 나온 무리일 겁니다. 독립하는 오크의 경우 대부분 전사입니다. 새끼는 아예 없고 수태가 가능한 암컷도 채 1할이 되지 않고요."

"으음."

로테른은 야쿰바의 말에 자신이 간과했던 사실을 떠올리며 더 이상 입을 열지 못했다. 그것이 사실이었기 때문이다.

사람들의 얼굴은 더욱 심각해졌다.

"혹시 돌아가는 길이 있소?"

가온이 혹시 몰라 단에게 물었다. 출발한 지 하루도 되지 않았으니 지금 되돌아가면 손해가 많지 않을 것 같아서였다.

"돌아가는 길이 없는 건 아니지만 마차로 이동하기도 힘듭니다. 물론 상행을 포기하는 것도 어렵습니다. 안 그래도 그쪽 상황이 굉장히 좋지 않아서 거금을 불렀고, 계약금도 대금의 절반을 받았기 때문에 상행을 포기하게 되면 배상할 금액이 너무 커서 저희 세 상단은 파산 위기에 몰릴 겁니다."

단은 혹시 상행을 포기하자는 의견이 나올 것을 우려했는지 아예 그 부분에 대한 자신의 입장까지 언급했다.

"그래도 살아남는 것이 더 중요할 때도 있지 않겠습니까? 벌써 오크를 만났는데……."

야쿰바의 말에 가온이 고개를 끄덕였다. 그 역시 그렇게 생각하고 있었다.

"맞는 말이긴 하지만 상인에게는 신뢰가 가장 중요하오. 우리가 큰 피해를 입고 알레랑으로 돌아가는 것이야 어쩔 수 없지만, 이 상태로 돌아가면 손해도 손해인데, 다른 상인들이 앞으로는 우리와 거래를 하려고 하지 않을 것이오."

가온은 죽을 수도 있는 위험을 감수하고서라도 신뢰를 지키고 싶어 하는 단을 보면서 더 이상 설득하길 포기했다.

맞는 말이다. 탄 차원의 용병에 해당하는 전사의 경우 의뢰를 받으면 어떤 상황에서도 호위 대상을 포기하면 안 되는 것처럼 상인 역시 신용을 지켜야만 했다. 그래야 세상이 제대로 돌아가는 법이다.

"그렇다면 어떻게든 오크 무리를 처리해야겠군요."

"온 님이 얼마나 강한지는 잘 알고 있지만 우리가 상대할 오크는 1천 마리입니다. 게다가 독립이 목적인 오크 1천 마리라면 족장은 물론 대전사장만 해도 5마리는 넘을 겁니다."

마법사를 대표하는 홀리오가 창백한 얼굴로 말했다.

"그때 온 님이 화살과 검으로 대전사장 3마리를 포함한 오크 100마리 이상을 죽이셨지만, 홀리오 마법사의 말대로 대전사장이나 족장이 있는 무리라면 그런 식으로는 상대할 수 없습니다."

단 역시 가온이 자신의 무위만 믿고 오크를 상대하려는 건 아닌지 우려하고 있었다.

그의 말에 호위 전사장 로테른과 야쿰바의 눈이 커졌다. 가온이 골드급에서도 상당히 강한 전사라는 사실만 들었지 정확한 무력은 알지 못했기 때문이다.

"압니다. 그래서 정면충돌은 되도록 지양하려고 합니다."

"그럼 기습이라도 할 생각입니까?"

야쿰바가 물었다.

가온은 고개를 끄덕였다.

"개인적인 무력은 이쪽이 더 강하겠지만 집단적인 무력은 오크가 더 강력합니다. 난전이 벌어지면 놈들의 전력은 더욱 높아질 거고요. 게다가 놈들은 인간처럼 중상을 입어도 쇼크로 죽기는커녕 상대를 죽이려고 발악할 정도로 투기가 강합니다. 그러니 방법은 기습밖에 없습니다."

돌아보니 다들 고개를 끄덕였다.

"하지만 기습을 위해서는 지형지물 등 파악해야 할 것이 많습니다. 내가 정찰조와 함께 오크 부락 쪽을 돌아보고 올 테니 여러분은 사람들에게 오크의 존재를 알리고 적당한 곳을 정해서 숙영 준비를 하십시오."

생각하고 있는 작전이 있지만 제대로 실행하기 위해서는 더 많은 세부 정보가 필수였다.

오크 토벌

정찰을 위해 고개를 오르는 가온의 곁에는 두 정찰조원에 더해 두 여인이 있었다. 성녀, 아니 사흘 전에 성녀 자리를 스스로 버리고 합류한 아나샤와 아레오였다.

오늘 새벽에야 처음 만난 두 사람은 데면데면했지만 그렇다고 적대감은 느껴지지 않았다. 상대가 껄끄럽기는 하지만 가온에게 어떤 의미인지 잘 알고 있었기 때문이다.

다만 아레오의 경우 레비야가 걸렸지만, 아나샤의 강력한 추천으로 그녀가 정식 사제가 되었고 지금 자격을 갖추기 위한 교육에 들어갔다는 소식에 마음의 짐을 벗을 수 있었다.

아레오와 아나샤는 비록 사제와 마법사였지만, 체술 수련을 꾸준하게 해 온 터라서 육체 능력은 전사들에 비해 전혀 떨어지지 않아서 빠르게 이동할 수 있었다.

석양이 시작될 무렵, 고갯마루에 오른 가온 일행은 정찰조가 발견한 오크 부락을 확인할 수 있었다.

"철저하게 무너졌어요."

"무너진 집터로 보면 적어도 500명은 살았을 마을이었을 텐데……."

목조주택은 완전히 무너졌고 벽돌로 지은 소수의 집들도 반 이상 부서진 상태였다.

저 마을에서 어떤 참혹한 일이 벌어졌는지 충분히 짐작할 수 있는 사람들의 얼굴에는 강한 분노가 떠올라 있었다.

"무사히 피난했다면 알레랑에 이곳의 실상이 알려졌을 텐데 너무 안타까워요."

아나샤가 슬픈 눈으로 두 손을 모아 희생자의 영령을 위해 기도를 했다.

그 모습을 보던 가온이 정찰조를 이끌었던 달리아트족 전사를 쳐다보았다.

"다로얀, 맞습니까?"

"맞아요. 제 이름 기억해 주셔서 감사해요."

다른 달리아트족 여전사들과 달리 약간 마른 몸매를 가진 다로얀이 자신의 이름을 기억하는 가온을 초롱초롱한 눈으로 바라보며 대답했다.

"오크가 1천 마리 정도라는 건 어떻게 파악한 겁니까?"

"움막의 숫자가 100개 정도였어요."

그리고 보니 마을의 중앙을 흐르는 작은 강이 하나 있었다. 그리고 일행이 있는 곳을 기준으로 가까운 곳에는 움집들이 모여 있었고 강 건너편에는 무너지고 파괴된 집들이 널려 있었다.

"우리가 아는 오크 전사는 가정을 이루기 전에는 10마리 정도가 한 움막에서 함께 지내요."

그 정도의 깊은 정보를 기반으로 한 것이라면 맞을 것이다.

'마침 오크들이 우리 쪽과 가까운 점은 다행인데 경사가 좀 아쉽네.'

가온은 어나더 문두스를 통해 탄 차원으로 건너가고 얼마후에 경사지 위에서 바위를 굴려 오크 부락을 효과적으로 처리했던 기억을 떠올리고 같은 전술을 써 보려는 것이다.

마을과 가까운 경사지는 다른 마을들과 마찬가지로 목책을 세우거나 주택을 짓기 위해서 벌목을 했기 때문에 바위를 굴릴 수 있는 조건을 충족했지만 경사도가 낮아서 효과는 크게 기대할 수 없었다.

'차라리 화공을 써 볼까?'

오크들의 움집이 둥글게 모여 있는 형태이니 화공이 먹힐 것 같기는 한데 아쉬운 것은 지은 지가 얼마 되지 않아서 기둥이나 벽으로 사용된 나무나 지붕의 재료인 긴 줄기의 식물이 완전히 건조되지 않았다는 점이다.

이대로라면 화계 마법이 아닐 경우 화공의 효과도 크지 않을 것 같다.

기습을 하는 것도 어려웠다. 오크는 주행성이라 밤에 자기는 하지만 폐가에서 나온 목재로 어설픈 목책도 쳐 두었고 지금 불을 피우고 있는 곳의 숫자로 보아 불침번의 숫자도 적지 않을 것 같았다.

'아무래도 정령들의 힘을 빌려야겠네.'

그런 생각을 하고 있는데 아나샤가 조심스럽게 입을 열었다.

"생각보다 움집들의 간격이 조밀해서 잘하면 대형 홀리피어진을 설치할 수 있을 것 같은데 경계를 서는 놈들이 문제네요."

"아나샤, 홀리피어진의 효과가 어떻게 됩니까?"

"온도 알고 있겠지만 신성력은 마수나 몬스터에게는 상태 이상을 유발해요. 최근에는 그 효과가 더욱 커졌고요. 홀리피어진은 진 내부의 마수나 몬스터의 육체적 능력을 약화시키는 건 물론 정신적으로 혼란을 일으키고 심할 경우 극심한 공포감을 느끼게 해요. 홀리피어진은 성물들을 이용해서 넓은 공간을 신성력의 영향권으로 만드는 효과가 있어요."

"성물은 있습니까?"

"혹시 몰라 챙겨 온 성물들이 있어요. 저 정도 공간이라면 다섯 개면 설치할 수 있어요. 신성진은 일반 마법진처럼 마력이 흐르는 선이 필요하지 않거든요. 대신 진이 완벽한 오각형을 이루도록 해야 하기 때문에 코어의 위치를 정하는 일이 가장 어려워요."

"그거라면 내가 도울 수 있습니다. 그럼 발동 조건은 어떻게 됩니까?"

성물을 코어 위치에 고정시키는 것만으로 진이 발동한다면 가온이 생각하는 것이 불가능해진다.

"준비를 해 두었다가 필요할 때 발동시킬 생각인가요?"

"맞아요."

"그건 불가능해요. 성물도 성물이지만 마지막으로 사제가진이 활성화되도록 성물에 신성력을 주입해야만 하거든요."

"모든 성물에 말입니까?"

"그건 아니고 마지막 성물에만 주입하면 돼요. 하지만 오크들이 그것을 보고 있을 리가 없어요. 경계를 서는 오크들이 성물이 방출하는 신성력을 감지할 것이 분명해요."

"그럼 경계를 서는 오크들을 모조리 없앤 후에 성물 네개를 코어 위치에 설치하고 숨어 있다가 원할 때 마지막 성물과 함께 신성력을 주입하는 것으로 진을 발동시키면 되겠군요?"

"네. 그렇게 하면 가능하긴 한데……."

일단 오크의 전력을 약화시킬 수단 하나는 확보한 가온의 얼굴이 조금 밝아졌다.

그때 아레오가 물었다.

"혹시 홀리피어진이 발동되면 외부의 투사체가 내부로 들어갈 수 있나요? 이를테면 파이어볼과 같은 마법 말이에요."

"당연히 가능해요. 아레오도 화공을 생각하는 거죠? 마침 그믐이 가까워져서 주위가 더 어둡기에 효과가 엄청날 거예요."

가온만 화공 전술을 떠올린 것은 아니었다. 말하는 것을 들어 보니 아레오는 물론 아나샤도 화공을 고려하고 있었다.

'비록 불 자체로 피해를 주기는 힘들겠지만 경계를 서는 놈들만 소리 없이 처리할 수 있다면 어두운 환경에서 마법을 이용한 화공과 홀리피어진 그리고 화살 공격을 통해서 혼란에 빠진 놈들을 효과적으로 처리할 수 있겠어.'

그에 필요한 전제조건은 자신이 혼자서 충분히 충족할 수 있었다.

'탄 차원에서도 그렇지만 내 주위에는 유난히 영민한 여자들이 많네.'

백지장도 맞들면 나은 법인데 이렇게 지혜로운 여자들이 둘이나 되니 시간이 되는 대로 자신의 정체와 이 차원과 관련된 의뢰에 대해서 솔직하게 털어놓고 조언을 구해도 좋을 것 같았다.

'그나저나 의뢰를 완수하면 다시 탄 차원으로 돌아간다는

얘기는 어떻게 하지?'

벌써부터 그 생각만 하면 머리가 아팠다. 아레오와 아나샤는 생각보다 더 빠르고 깊게 그의 마음속으로 들어와 버린 것이다.

잠시 그 생각을 하던 가온이 고개를 세차게 흔들었다. 그전에 오크부터 처리해야만 했다.

저녁이 되자 일찍 식사를 마치고 대기하던 전사들이 가온을 따라 시렐 마을이 있었던 곳으로 은밀하게 이동했다.

마을과 가까운 은밀한 곳에 도착한 가온은 야쿰바와 로테른을 불러서 홀리피어진에 대해서 설명을 하고 지시를 내렸다.

"지금부터 나와 아나샤가 경계를 서는 오크들을 제거하고 홀리피어진을 준비할 테니 여러분도 준비하시오."

"정말 두 사람으로 가능하겠습니까?"

가온이 골드 상급 전사라는 이야기는 들었지만 직접 확인을 해 보지 못한 로테른은 아무래도 걱정이 되는 모양이다.

"가능하니 나선 것이오. 아무튼 이쪽을 부탁하오."

가온은 그 말을 남기고 아나샤를 자연스럽게 안은 상태로 마을 쪽으로 달려갔는데 그믐이 가까워져서 그런지 그의 몸은 어느 순간 어둠 속으로 사라져 버렸다.

"하아! 마치 암살자 같은 놀라운 움직임이군."

"활 솜씨가 아주 뛰어나다는 말을 들었지만 굉장히 다양한 능력을 지닌 것 같소."

한 사람을 안은 상태에서도 순식간에 눈에서 사라진 가온을 확인한 로테른과 야쿰바는 눈으로 직접 확인했음에도 놀랄 수밖에 없었다.

하지만 두 사람보다 더 심하게 놀라는 사람이 있었다. 바로 가온의 품에 안겨 있는 아나샤였다.

'온 님은 골드 상급 전사라고 들었는데 이렇게 뛰어난 은신과 이동 능력을 가지고 있다니!'

아나샤는 바로 옆을 지나감에도 아무런 것도 느끼지 못하는 오크들을 보면서 믿을 수가 없었다.

그녀가 아는 한 아무리 뛰어난 은신 스킬이라도 몸에서 나는 냄새는 숨길 수 없다. 심지어 자신은 가온과 단둘이 움직인다는 말을 듣고 혹시나 싶어서 속바지에 말린 향 가루를 담은 주머니까지 찬 상태였다.

인간에 비해서 후각이 굉장히 뛰어난 오크라면 당연히 멀리에서도 맡을 수 있는 냄새였지만 놈들은 아무 냄새도 맡지 못한 듯 동료들과 센 발음으로 대화를 하면서 주위를 훑어보고 있었다.

'이런 사이가 될 줄은 몰랐지만 우트님과 전대 성녀들께서 내게 크나큰 축복을 내리신 것이 틀림없어.'

가온이 마나를 방출해서 자신과 아나샤를 덮을 수 있는 막을 만들었다는 사실을 모르는 아나샤는 연모의 감정이 들끓어 자신을 안은 가온의 목을 더욱 힘주어 감았다.

평생 우트 신을 모시는 사도의 길을 걷게 된 것에 한 치의 후회도 없었던 그녀였지만, 가온에게 안긴 후 자신이 한 남자의 여인이 되었다는 사실을 인정한 후 정신적인 만족감은 더욱 높아졌다.

가온과 나누었던 육체의 대화는 이 나이까지 사도의 길만 걸었던 그녀에게는 충격 그 자체였다.

비록 우연하게 이루어진 육체의 교접이기는 했지만 서로의 영혼을 강하게 결합시켜 주는 정신적인 교합이기도 했다.

이나샤는 가온과 하룻밤 사이에 쌓은 정은 수십 년을 서로 연모하며 사랑해 온 커플의 그것과 다르지 않다고 생각했다. 그도 그럴 것이 그 하룻밤을 통해서 이젠 가온이 없으면 도저히 살 자신이 없을 정도로 그는 그녀에게 중요한 존재가 되어 버린 것이다.

우트의 충실한 사도로, 또 성녀로서 충실하게 살아왔던 삶이 가지는 의미는 세상 그 무엇보다 컸지만, 여자로서의 삶도 그에 못지않게 만족스럽고 행복했다.

'단 하룻밤인데 참 신기해!'

그저 우트 님의 힘을 빌려주는 대상에 불과했던 현신자에게 안겨 이렇게 행복감을 만끽할 줄은 정말 몰랐다. 만난 지 불과 며칠 만에 가온은 아나샤에게 우트와 거의 비슷한 존재가 되어 버렸다.

아나샤가 그런 생각을 하면서 가온의 체향을 맡으며 행복해한 지 얼마가 지났을까, 가온의 몸이 멈추더니 자신의 몸이 반대로 돌려져서 등이 그의 가슴에 닿았다.

"아나샤, 도착했어요. 정확히 내 왼발 끝이 그 지점입니다."

가온이 앉더니 처음 보는 도구를 꺼내 작은 구덩이를 판 후 그렇게 알려 주자 아나샤는 팔을 뻗어 그 지점에 미리 준비했던 성물을 집어넣었다.

구덩이에 성물을 묻고 그 위를 덮는 것으로 진을 설치하는 첫 번째 작업이 끝났다.

"다시 움직입시다."

가온이 아나샤가 고개를 끄덕이기도 전에 몸이 아까처럼 반대로 돌려지더니 그의 넓고 단단한 품에 안기며 엷은 그의 체향을 다시 맡을 수 있었다.

그리고 다시 이동하는 가온.

얼마 후에 아나샤는 가온이 판 구덩이에 성물을 집어넣는 것으로 두 번째 작업을 마쳤다.

'내가 같이 올 필요는 없었겠네.'

정확한 코어의 위치를 아니 해당 지점에 성물을 묻기만 하면 되는 단순한 일이다.

'진의 코어 위치를 어떻게 파악한 걸까? 정말 코어의 위치가 정확할까?'

홀리피어진을 설치하는 데 가장 중요한 것은 성물이나 발동 조건인 신성력 주입이 아니다.

완벽한 오각형을 이루는 코어의 위치였다. 성물이 코어에서 조금이라도 벗어나면 진 자체가 발동하지 않는 것이다.

그런데 가온은 따로 준비한 것도 없이 거침없이 코어를 찾아서 이동하고 있었다.

어느새 최상급 정령으로 성장한 가온의 정령들이 가진 능력을 모르는 아나샤에게는 신기할 수밖에 없었다.

그렇게 다섯 번째 성물을 묻을 위치에 도착한 가온은 디그마법으로 깊은 구덩이를 판 후 안고 있던 아나샤를 조심스럽게 안에 내려놓았다.

"아나샤, 조심해요."

"걱정하지 마세요."

숨을 쉴 대롱 하나를 손에 쥔 아나샤가 온화한 미소를 지으며 고개를 끄덕였다.

이제 그녀는 가온이 신호를 보낼 때까지 땅속에 묻힌 상태로 대기하게 될 것이다.

아나샤는 아직 손이 닿은 상태이기에 가온의 모습을 볼 수 있었는데 그의 얼굴에 어린 짙은 걱정의 감정을 확인하고 가슴 한구석이 따뜻해졌다.

'뭔가 아릿하면서도 가슴이 따듯해져. 이게 가족의 정인가? 아니면 부부의 정?'

고아로 신전에 거두어져 우트 신을 모시며 신을 좇는 길을 걸어온 아나샤에게는 생소한 감정이었지만 우트 신의 선택을 받아 성녀가 되었을 때보다 자신을 걱정하는 가온의 마음을 느낀 지금이 더 행복했다.

가온이 사라졌을 때 아나샤는 물으려고 했던 것을 까먹었다는 사실을 깨달았다.

'대체 전사가 어떻게 디그 마법을 쓸 수 있는 거지?'

행복감에 취하기도 했지만 너무 빨리 움직이는 바람에 물으려고 했던 것까지 까먹었다.

달빛은 희미하지만 그래서 더욱 별빛이 밝아 보이는 새벽.

한창 잠을 사다가 교대한 오크들은 강인한 육체의 소유자였지만 산중의 새벽 추위에 몸을 떨면서 불가에서 벗어나지 않았다. 물론 그래도 맡은 임무를 게을리하지 않아서 짙은 어둠이 내려앉은 주위로 감각을 집중하고 있었다.

쌕!

희미한 소성을 들은 오크들이 손에 잡고 있던 글레이브에 힘을 줄 때 같은 순간, 머리가 화끈해지는 감각과 함께 의식을 잃었다.

오크의 시력이 아무리 좋다고 해도 이 짙은 어둠 속에서

낮게 하늘을 날면서 아래를 향해 마나탄을 날리는 가온을 볼 수는 없었다.

가온은 투명날개를 이용해서 오크 부락의 외곽을 날아가면서 경계 임무를 수행 중이던 오크 50여 마리를 아무런 소음도 없이 차례로 제거했다.

오크들은 감각이 예민했지만 하늘을 날면서 정확히 머리에 구멍을 뚫어 버리는 마나탄 공격에 무력했다.

'염력을 익히길 잘했네.'

화톳불 하나에 서너 마리의 오크가 있었기 때문에 마나탄을 연사한다고 하더라도 작은 틈이 생길 수밖에 없었는데, 염력을 사용해서 한 번에 서너 발씩 발사한 마나탄을 조종해서 필요 없는 소음을 완벽하게 제거할 수 있었다.

현재 염력의 수준으로는 마나탄 다섯 발까지는 충분히 조종할 수 있었다.

그렇게 경계 병력을 소리 없이 제거한 가온이 사람들이 잠복한 장소로 돌아왔다.

"다 제거했으니 미리 예정된 곳으로 이동하시오. 마법사들, 부탁합니다."

"저, 정말 경계를 서는 오크들을 모두 죽인 겁니까?"

달리아트족 대전사장 야쿰바가 믿을 수 없다는 얼굴로 물었다. 아무리 가온이 강자라고 해도 오크 부락의 외곽을 두르는 위치에 서너 마리씩 경계를 서고 있던 오크 50여 마리를 모두 제거하기에는 너무 짧은 시간이었기 때문이다.

가온은 말없이 고개를 끄덕였다.

야쿰바는 물론 다른 수뇌부도 어떻게 이렇게 빨리 경계를 맡고 있던 오크 전사들을 처리했는지 묻고 싶었지만 지금은 그럴 시간이 없었다.

"감각 강화!"

아레오와 홀리오를 비롯한 마법사들이 전사들에게 차례로 감각을 강화하는 마법을 걸어 주었다. 시력만 강화하는 마법은 없었기에 어쩔 수 없이 선택한 마법이었다.

다행한 것은 감각을 일정 시간 동안 강화시켜 주는 마법이 스트렝스와 마찬가지로 낮은 수준의 마법이라서 여덟 명의 마법사가 300명을 대상으로 걸어 주는 것이 부담스러운 일은 아니라는 것이다.

감각 강화를 통해서 짙은 어둠 속에서도 어느 정도 지형지물을 볼 수 있게 된 전사들이 빠르게 자신이 맡은 곳으로 달려갔다.

나름 조심한다고 했지만 뛰는 소리는 어쩔 수 없이 발생했지만 어둠에 잠긴 오크 부락에서는 아무런 움직임도 없었다. 경계를 서는 오크를 모두 제거했기에 가능한 일이다.

그렇게 전사들이 오크 부락을 완벽하게 포위했을 때 준비를 하고 있던 마법사들이 가온의 명령에 따라 일제히 파이어 볼 마법을 날렸다.

목표는 당연히 모여 있는 오크의 움집이다.

팡! 펑!

움집들을 타격한 파이어볼들은 폭발음과 함께 거센 화염을 발생시켰고 움집들은 한순간에 화염에 휩싸였다.

홀리오를 비롯한 4급 마법사들은 파이어볼 마법으로 연속해서 발현할 수 있었다.

화염에 휩싸인 움집들은 순식간에 불타올랐고 곤히 자다가 화염에 휩싸인 오크들은 몸에 불이 붙은 채 비명을 지르며 집 밖으로 뛰쳐나왔다.

다행히 화염에 휩싸이지 않은 움집에서 자고 있던 놈들도 사방에서 들려오는 비명과 환한 불빛에 놀라 정신없이 밖으로 뛰쳐나왔다.

화계 마법은 계속해서 움집들을 향해 날아갔다. 고등급 마법사들이 마력을 아끼지 않고 연속해서 화계 마법을 날리고 있었다.

상황이 그렇게 되자 가온이 아나샤 쪽을 쳐다보았다.

"아나샤!"

아나샤가 재빨리 구덩이에서 나와 마지막 성물을 제 위치에 단단히 고정하고 신성력을 주입하는 것으로 홀리피어진이 발동되었다.

우우우웅.

신성력으로 채워진 공간이 미세하게 진동을 하면서 울기

시작했다.

'대단하군.'

가온은 남들은 볼 수 없는 신성력이 오크 부락을 감싼 오각형의 공간을 가득 채우기 시작하는 것을 인지할 수 있었다.

안 그래도 화계 마법으로 인해서 혼란에 휩싸였던 오크들은 미쳐 날뛰기 시작했다.

홀리피어진의 영향으로 순식간에 무리를 덮친 공포로 인해 공황 상태에 빠져 버린 것이다.

움집들이 화염에 휩싸여 불타는 가운데 일부 오크들은 동족을 향해 글레이브나 몽둥이를 휘두르고 있었다.

곤하게 자다가 깨어나 제대로 정신을 차리지도 못한 상태에서 신성력의 영향으로 공포에 빠진 놈들 중 일부는 환각과 환청을 통해서 주위에 있는 동족을 적으로 인식하고 마구 무기를 휘둘렀고 다른 오크들은 그런 놈들을 어쩔 수 없이 상대해야만 했다.

본래 이런 사태가 벌어지면 가장 먼저 나서서 혼란을 진정시켜야 하는 전사장급 이상의 오크들도 그런 혼란 상황을 극복하지 못하고 날뛰는 것이다.

지금 오크들을 공격해도 되지만 오크 부락을 포위하고 있는 전사들은 아무도 움직이지 않고 가온의 명령이 떨어질 때만 기다리고 있었다.

물론 이런 사태는 오래 가지 않았다.

"취애애액!"

오크 부락 한가운데에서 포위망을 펼치고 있는 전사들의 귀청이 떨어질 것 같은 굉량한 외침이 터져 나왔다.

그 외침에는 강한 파동이 실려 있어서 혼란에 빠져 있던 오크들의 정신을 순간 일깨웠다.

까라락! 따라락! 빠이이익!

외침에 이어 처음 듣는 낮은 악기 소리가 울려 퍼졌다.

'주술사도 있었군.'

가온은 오크 상당수가 환각, 환청 등 상태 이상에서 빠르게 빠져나오는 모습을 확인할 수 있었다.

이것으로 기습의 이점은 모두 취했다. 이제부터는 힘으로 상대해야만 했다.

'그나저나 홀리피어진의 위력이 생각보다 더 대단하네.'

본래라면 지금보다 훨씬 빨리 족장과 주술사들이 반응했을 텐데 상태 이상을 초래하는 신성력 때문에 대응이 늦은 것이다.

대충 눈대중으로도 마법과 혼란으로 인해 동족에게 죽거나 부상을 입고 쓰러져 비명을 지르는 오크들이 수백 마리에 달했으니 홀리피어진의 위력은 확실했다.

하지만 이 정도로 만족할 수 없었다.

"아나샤!"

가온의 외침에 아나샤는 진 안을 가득 채운 신성력의 성질을 변환시켰다.

홀리피어진은 단순히 상태 이상을 유발하는 것에 그치지 않는다.

파지지직!

신성력이 전격으로 치환되면서 홀리피어진의 공간이 순식간에 시퍼런 뇌전에 휩싸였다. 성녀로서 가진 그녀만의 능력이었다.

거대한 홀리피어진 내부가 온통 시퍼런 전격의 바다로 변하니 혼란에 빠져 미쳐 날뛰던 오크들이 뇌전에 감전된 것은 당연한 결과였다.

추가적인 전격의 공급이 없었기에 뇌전은 이내 사라졌지만 그 후 나타난 결과는 사람들을 경악하게 만들었다.

푸쉬쉬.

몸이 시꺼멓게 타거나 꿈틀거리고는 있지만 입과 코 그리고 귀 등에서 연기가 흘러나오는 오크들로 가득했다.

하지만 그 정도로 모두 죽을 오크가 아니다. 생명력이 유달리 강한 놈들 중 상당수는 감전이 되었음에도 비척거리며 몸을 일으켰다.

그래도 전격에서 살아남은 오크의 숫자가 불과 400여 마리밖에 되지 않아서 넓은 범위의 공간을 뒤덮었던 전격에 경악했던 사람들에게 또 다른 놀람을 안겨 주었다.

'족장이 나섰네.'

움집들을 불태우는 화염으로 인해 어느새 부락 한가운데 나타난 거대한 체구의 오크를 확인할 수 있었다.

"취이에엑! 취애액!"

놈이 소리를 지르자 감전되었다가 정신을 차린 오크들의 흉흉한 시선이 부락 밖을 포위하고 있는 인간들을 향했다. 이제야 자신들의 소중한 삶의 터전을 이렇게 만든 원흉들을 발견한 것이다.

가온은 일부러 마법사들에게 라이트 마법을 부탁했었다. 시야를 제대로 확보하는 것이 중요했기 때문이다.

상황이 상황인지라 광폭화 주술에 제대로 걸린 오크들은 또다시 족장이 소리를 지르자 일제히 부락 밖을 둘러싸고 있는 인간들을 향해 달리기 시작했다.

가온은 준비했던 작전이 성공했음을 확신했다. 이제 오크들은 완전히 광분해서 저돌적으로 인간들을 향해 달려오고 있었다.

보통의 상황이라면 이성을 잃고 광기에 빠져 저돌적으로 달려드는 오크를 상대하는 건 쉬운 일이 아니지만 지금은 달랐다. 충분한 준비를 해 두었기에 오히려 그런 오크들의 상태가 기꺼웠다.

"준비!"

낮지만 마나가 주입되었기에 모두가 들을 수 있는 가온의 명령이 떨어지자 사람들은 장전해 두었던 석궁을 들었다.

집이 불타고 동족들이 죽어 나가는 상황에 미쳐 버린 오크들은 순식간에 인간들에게 접근했다. 원래 거리가 멀지 않았기 때문이다.

"발사!"

오크 선두가 30미터까지 접근했을 때 가온의 명령이 떨어졌다.

슉! 슉! 슉!

아직 감각 강화의 효과가 남아 있었고 라이트 마법에 거리가 가까웠던 만큼 볼트들은 대부분 오크의 심장을 파고들었다. 달리는 상태였기에 굳이 머리를 노릴 필요는 없었다.

전사들은 볼트를 발사하기 무섭게 쇠뇌를 내려놓고 다른 장전된 쇠뇌를 집어 들었다.

상단 연합이 준비한 석궁의 숫자는 여유가 있어서 볼트가 장전된 쇠뇌는 1인당 세 개였다.

전사들이 볼트 세 발을 모두 발사했을 때 오크 부락 외곽에는 죽거나 관통상을 입고 쓰러지는 오크들이 커다란 동심원을 그리고 있었다.

이미 동족의 죽음과 주술로 인해서 광기에 빠져 고통을 느끼지 못하고 육체의 잠력이 폭발한 오크들은 관통상을 입은 상태에서도 살기를 발산하며 인간들을 향해 달렸다.

하지만 석궁 공격이 끝이 아니었다. 전사들은 이제 석궁을 내려놓고 창을 쥐었다.

예자몽으로
히든랭커

죽거나 볼트에 꿰뚫려 비명을 지르는 동족들을 짓밟거나 뛰어넘는 오크들이 이미 10미터 거리까지 도달하는 순간 창을 던졌다.

퍽! 퍽! 퍽!

거리가 가까웠던 만큼 빗나가는 창은 한 자루도 없었다.

몸에 박힌 창에 실린 힘으로 인해서 오크들이 멈추거나 뒷걸음을 치는 순간 또 다른 창이 날아와 머리나 심장에 박혔다.

"방패 들어! 달리아트족 전사들은 활을 사용해!"

가온의 명령이 떨어지는 순간 투창을 마친 전사들이 두 부류로 나뉘었다. 한 무리 중 절반은 몸을 가릴 수 있는 큰 방패를 들어 몸을 감추었고 나머지 절반은 5미터에 달하는 긴 창을 들었다.

별도로 편성된 한 무리는 등에 메고 있던 활을 풀어 시위에 화살을 걸었다.

오크가 가까워지는 순간 방패 사이로 긴 창이 빠져나와 눈이 돌아간 오크의 심장을 깊이 찔렀다.

창만이 아니었다. 대기하고 있는 동안 주위의 흙을 끌어모아서 높은 발판을 만들어 둔 달리아트족 전사들은 그 위에 올라가서 오크를 향해 화살을 쏘기 시작했는데 거리가 가까웠기 때문에 여지없이 머리에 꽂혔다.

창과 화살을 요행히 피한 놈들은 있는 힘을 다해서 인간을

향해 몽둥이나 인간에게 빼앗은 무기를 휘둘렀지만 방패를
가격할 뿐이었다.

그렇게 오크들이 방패를 두드리는 사이에 창과 화살은 정
확하게 놈들의 급소를 꿰뚫었고 놈들의 숫자는 빠르게 줄어
들었다.

"실버급은 모두 나서라!"

살짝 방패가 열리자 그 사이로 실버급에 해당하는 전사들
이 빠져나갔다.

그들은 연속된 공격에 많은 동족을 잃고 완전히 광분해
버린 오크의 큰 공격을 가볍게 피해 무기를 급소에 찔러넣
었다.

강한 육체 능력을 가진 오크라고 해도 단순하고 직선적인
공격을 그대로 맞을 실버급 전사는 없었다.

보통의 경우 오크는 생김새나 이미지와 다르게 영악한
공격을 한다. 지형지물도 잘 이용하고 집단 전술까지 구사
한다.

심지어 자신의 신체 일부를 대가로 목숨을 취할 정도의 개
인 전술도 운용할 수 있는 역량을 가지고 있었다.

하지만 지금은 달랐다. 주술의 효과와 동족의 죽음으로 인
해 투기가 최고조에 이르렀지만 이성이라고 할 것이 거의 없
는 상태여서 본능적으로 무기를 크게 휘두르거나 막무가내
로 몸을 날리는 공격밖에 할 수 없었다.

실전 경험이 풍부한 실버급의 노련한 전사들이 그런 단순한 공격에 당할 리가 없었다. 공격을 간단히 피하고 급소에 무기를 박아 넣는 것으로 목숨을 끊었다.

투사체 공격에 이어 벌어진 난전의 결과는 순식간에 드러났다. 화계 공격과 전격진으로 바뀐 홀리피어진에서도 살아남은 400여 마리의 오크 중 이제 남은 건 불과 50여 마리에 불과했다.

이미 신성력으로 인해 2할가량 능력이 약화되고 감전까지 당한 상태인 오크들은 실버급 이상의 전사들이 나서자 속절없이 무너졌다.

그런 상황에서도 족장을 포함해서 살아남은 50여 마리는 도망칠 생각은 아예 하지 않았다. 물론 이쪽도 놈들을 놔줄 생각은 전혀 없었다.

달리아트족을 포함한 실버급 전사들은 어느새 다시 장전된 석궁이나 활을 잡은 다른 전사들의 지원을 받아서 오크들을 공격했고 오크의 숫자는 빠르게 줄어들었다.

물론 족장과 대전사장들 그리고 주술사들은 끊임없이 날아오는 가온의 화살로 인해 결국 하나둘 쓰러졌다. 화살에 마나가 깃들어 있어 가볍게 쳐 내거나 무시할 수가 없었기 때문에 상대에게 집중하지 못한 결과였다.

압권은 마치 살아 있는 것처럼 글레이브의 궤적을 피해서 날아가 족장의 미간 사이에 틀어박힌 마지막 화살이었다. 골드급 실력을 가진 오크 족장이 화살을 피하지 못하고 결국 쓰러진 것이다.

마지막 화살을 쏜 가온은 그렇게 쓰러지는 오크 족장의 모습을 보면서 제대로 상대하지 못한 부분에 아쉬움을 느꼈지만 사망자는 물론 크게 다친 전사가 보이지 않는 것을 확인하고 그 감정을 애써 털어 냈다.

'이게 맞아!'

족장과 대전사장들이 전투에 합류하지 못했기 때문에 실버급 전사들이 나머지 오크들을 쉽게 정리할 수 있었다. 자신의 손맛을 위해서 전투 효율을 포기하는 것은 수장으로서 반드시 피해야 할 행동이었다.

결국 모든 오크가 쓰러졌다.

처음 오크 1천 마리를 상대해야만 한다고 생각했을 때와 비교하면 너무나 빨리 그리고 가볍게 놈들을 처리한 것이다.

'미쳤다!'

환호성을 지르는 전사들도 어리둥절한 얼굴이었다.

심지어 그 많은 오크를 상대하면서 죽은 전사조차 없었으니 기적이나 다름없는 전과였다.

'이게 모두 저 세 명 덕분이야!'

사람들의 시선은 전술을 짜고 물 흐르듯 자연스럽게 지휘한 가온과 그의 곁에 선 두 여인에게 향했다.

전황을 정확하게 파악하며 지휘를 하는 와중에서도 쉴 새없이 화살을 날려 족장을 포함해서 전사장급 이상의 오크들을 수없이 사살한 가온도 가온이지만, 4급 마법사인 아레오와 정체를 알 수 없는 사제의 활약이 너무 대단했다.

아레오는 가장 많은 파이어볼을 날렸고 사제는 오크의 능력을 약화시키고 정신적인 혼란을 초래한 신성진을 대규모 전격 마법진으로 변환시켜서 오크 전력을 크게 낮추어 버렸다.

'우리와 같은 사람이 맞나?'

'돈 때문에 죽을 각오를 하고 호위행에 합류했는데 이러면 어느 정도 희망을 품어도 되겠어!'

일확천금을 노리고 상행을 기획한 단은 물론이고 거금이 필요해서 흉험한 결과가 나올 것이 뻔한 상행에 합류한 전사들의 얼굴에는 강한 희망이 떠올랐다.

"자, 동이 트고 있으니 빨리 정리합시다. 달리아트족 전사들은 상행을 이곳까지 호위해 오고 나머지는 마정석만 적출하면 됩니다!"

가장 먼저 정신을 차린 로테른이 나서 전장 정리를 독려했다.

고갯마루에서 대기하고 있던 상행은 새벽의 미명 속에서 고개를 내려왔지만 대기하고 있던 다른 전사들과 합류했다.

단은 1천여 구에 달하는 오크 사체를 보고 입맛을 다셨다.

가죽만 벗겨내도 호위로 고용한 전사들에게 지급할 돈을 어느 정도 해결할 수 있었기 때문이다.

하지만 새까맣게 타 버린 사체들과 고기 타는 냄새를 맡자 그럴 생각이 싹 사라졌다. 자연스럽게 오크들이 잡아먹었을 이 마을 사람들이 연상된 것이다.

결국 상행은 오크 사체로 가득한 곳을 지나쳤다. 밤새 움직이느라고 다들 잠을 자지 못했지만 이런 곳에서 쉴 수는 없었다.

물론 가온은 사냥이 끝난 직후 업그레이드된 파워드레인 스킬을 펼쳐서 에너지를 흡수했고, 멀쩡한 사체들은 상행이 이곳을 벗어난 후 앙헬로 하여금 챙기게 할 생각이었다.

상행은 전투를 치른 직후임에도 길을 재촉해서 산기슭을 따라 건설된 가도를 따라 2시간 정도 더 움직이자 미욘이라는 작은 성이 나타났다.

"오늘은 이곳에서 쉬도록 하지요."

단은 성문과 가까운 곳에 있는 공터에서 마차를 멈추었다. 인원이 워낙 많기 때문에 성안으로 들어갈 수는 없었다.

이런 경우가 꽤 많았는지 성 앞에는 너른 공터가 있어 대규모 상단이 숙영을 할 수 있는 자리가 마련되어 있었다.

또한 알레랑에서 충분히 보급을 했기 때문에 굳이 성안으로 들어갈 필요는 없었다.

다들 힘을 합쳐서 금방 숙영지를 건설했고 일부는 늦은 아침 식사를 준비했다. 전투가 끝난 직후 육포만 씹은 상태라서 제대로 된 음식을 먹으려는 것이다.

푸짐한 아침 겸 점심을 먹은 사람들은 경계를 맡은 일부만 남기고 모두 천막으로 들어가 잠을 청했다.

밤을 새운 상태이고 전투까지 치렀지만 쉬지 못한 상황이라 다들 금방 곯아떨어졌다.

가온도 잠을 청해야 했지만 함께 있는 두 동료가 문제였다. 당연하다는 듯 자신의 천막으로 들어온 아나샤와 아레오는 상대를 의식하지 않으려는 듯 눈을 마주치지 않았지만 그의 옆에서 떨어지지 않았다.

'할 수 없지.'

잠을 자지 않았어도 피곤함을 느끼지 못하는 가온이지만 오크를 상대로 최선을 다했던 두 여인은 달랐다. 지친 기색이 역력했다.

"잡시다."

아공간에서 워베어 가죽 한 장을 꺼내 바닥에 깐 가온이 중간에 자리를 잡고 눕자 기다렸다는 듯 아레오와 나타샤가 그의 양편에 자리를 잡고 누웠다.

많이 지치긴 했는지 금방 고른 숨소리를 내며 잠이 든 두 여인은 가온의 양팔을 잡고 몸을 바싹 밀착한 상태라 어쩔 수 없이 그 자세 그대로 잠을 청해야만 했다.

몸조차 돌리기 힘들었지만 다행히 가온은 몸을 많이 뒤척이는 편은 아니다.

　이런 상태로 자는 게 좀 불편하기는 했지만 앞으로도 내내 이렇게 자야 할 것 같으니 자신이 적응을 하는 쪽이 편할 것 같았다.

　하지만 양팔에서 느껴지는 기분 좋은 여체의 감각과 독특한 체향에 가온도 어느새 잠이 들고 말았다.

　아레오와 아나샤가 잠에서 깬 것은 바깥에서 나는 소음 때문이었다.

　벌써 많은 사람들이 깨어나 있었고 일부는 저녁 식사를 준비하기 시작한 것이다.

　슬쩍 몸을 일으키던 두 여인은 가온이 이미 깨어 있었다는 사실을 이제야 깨달았다. 그는 양옆에 찰싹 붙어서 자는 자신들 때문에 꼼짝도 하지 못하고 누워 있었다.

　"온, 미안해요!"

　"불편했죠?"

　"아니라고는 못 하겠지만 이렇게 아름답고 매력이 충만한 여인들을 양옆에 끼고 자는 건 남자로서는 누구나 부러워할 상황이었소."

　진심이다. 가온이 엷은 미소를 지으며 말하자 아나샤와 아레오는 부끄러웠는지 얼굴을 붉혔다.

　"그나저나 몸 상태는 어떻소?"

둘을 번갈아 보며 물었다.

"푹 자서 그런지 마력이 많이 회복되었어요."

"저도요. 우트님에게 기도를 올리면 바로 회복될 거예요."

숙면을 했음에도 두 사람은 이전의 마력과 신성력을 회복하지 못한 상태였다. 아마 그녀들이 익힌 특수한 마력 연공법이나 기도에 시간을 투자해야만 소모한 힘을 보충할 수 있을 것이다.

"혹시 내게 명상법 하나를 배워 볼 생각이 있소?"

"명상법요?"

둘 다 관심을 보였다.

"청뇌명상법은 내가 익히고 있어서가 아니라 머리를 맑게 해 줄 뿐 아니라 마력이나 신성력에 대한 친화력을 올릴 수 있는 효과가 있어 두 사람이 익히면 도움이 될 거라고 생각해요."

"배울게요!"

"저도요!"

둘 다 명상에 익숙했지만 명상법이라고 할 만큼 특별한 명상법을 배운 것은 아니고 가온이 말한 내용 중 친화력을 높일 수 있다는 말에 강하게 끌렸다.

많은 사람들이 깨어난 상태지만 굳이 식사를 위해서 휴식을 취하고 있을 자신을 방해할 사람은 없을 거란 판단을 한 가온은 두 사람에게 명상법을 가르쳤다.

"명상을 하기 전에 이 약부터 먹어요."

다행히 스승인 볼코트가 준 비약이 아직 남아 있었다.

"이 약은 뭔가요?"

아나샤가 호기심 어린 눈으로 비약을 쳐다보며 물었다.

"머리를 포함한 몸의 활력을 증가시키고 일시적으로 에너지에 대한 친화력을 높여 주어 명상의 효과를 증진시키는 효과가 있소."

가온의 대답을 들은 아레오와 아나샤는 경쟁하듯 단숨에 비약을 목으로 넘겼다. 그리고 가온이 전수한 청뇌명상법의 내용대로 명상에 들어갔다.

이미 명상을 숱하게 해 왔던 두 사람은 어렵지 않게 청뇌명상법의 구결에 따라 명상에 들어갔고 한참 후에야 깨어났다.

그런데 본래 명상을 마치면 몸과 정신이 안정되어야 했음에도 불구하고 두 사람은 그 어느 때보다 흥분한 상태였다.

"마력이 올랐어요! 아니, 마력의 질이 높아졌어요!"

"어떻게 이럴 수가? 정신력과 집중력이 높아졌어요!"

연공으로 마력의 질을 높이는 것이나 기도로 정신력과 집중력이 높이는 것이 거의 불가능하다는 것을 잘 알고 있는 두 사람이 경악 수준으로 놀랄 수밖에 없었다.

더구나 비약 덕분에 전신에는 활력이 가득해서 몸 상태까지 그 어느 때보다 좋았으니 더욱 놀랐다.

"효과가 있어 다행이네. 꾸준히 명상을 하면 마력이나 신성력을 운용하는 능력도 높아질 테니 열심히들 하시오."

"연공으로도 어찌할 수 없는 부분을 해결할 수 있는 귀중한 명상법이 있다니 믿어지지가 않아요."

"이렇게 고차원적인 명상법이 존재했다니! 이렇게 젊은 나이에 이렇게 강해진 이유 중 하나가 바로 명상법이겠죠?"

가온은 아나샤의 물음에 고개를 끄덕였다. 확실히 청뇌명상법이 마력은 물론 마나에도 긍정적인 영향을 미쳤을 것이다.

"맞소. 이제 우리 세 사람은 청뇌명상법으로 단단하게 연결이 된 거요."

"정말 고마워요!"

"당신이 현신자라서 너무 다행이에요!"

두 사람은 감격한 얼굴로 품에 안겼고 가온은 양손으로 둘의 허리를 단단히 감아서 안아 주었다.

처음 아나샤와 아레오를 동시에 품에 안았는데 서로 밀착되었을 두 사람이 가만히 있는 것을 느낀 가온의 얼굴에 미소가 떠올랐다.

마운틴트롤

여정을 시작한 지 사흘째 되는 날 오후.

"숙영 예정지에 마운틴트롤들이 진을 치고 있다고?"

정찰조가 골치 아픈 소식을 전해 왔다.

오늘 밤에 숙영하기로 한 장소는 바라크로 통하는 가도의 바로 옆이다. 당연히 가도를 지나가려면 놈들을 처리하거나 놈들이 다른 곳으로 이동할 때까지 기다려야만 했다.

당장 수뇌부가 모여 정찰조를 맡고 있는 다로얀을 소환했다.

"몇 마리나 됩니까?"

"총 여섯 마리이고 모두 성체입니다."

"마운틴트롤이 여섯 마리라니 골치 아프네."

야쿰바가 심각한 얼굴로 고개를 절레절레 흔들었다.

"마운틴트롤?"

가온은 이름으로 보아 산악지대에 서식하는 트롤이라고 추측했다.

본래 트롤은 평지나 낮은 산의 광대한 숲에 서식한다. 그런 곳이 고블린이나 오크와 같은 먹잇감이 많았다.

"아! 온 님께서는 남쪽 출신이라고 하셨죠. 대륙 북부의 산악지대에 서식하는 마운틴트롤은 체구는 일반 트롤보다 작지만 오우거에 못지않게 강력한 전투력과 높은 민첩성을 가지고 있으며 타고난 재생력으로 오우거조차 사냥하는 몬스터입니다."

가온이 마운틴트롤에 대해 잘 모르는 눈치이자 단이 자세하게 설명을 해 주었다.

"원래 이쪽 지역에 서식하는 놈들입니까?"

"아닙니다. 산맥 깊숙한 곳에 서식하기 때문에 쉽게 볼 수 없는 놈들인데 놈들 사이에 오크의 것으로 짐작되는 뼈들이 널려 있는 점으로 보아 오크들을 쫓아서 나온 것으로 짐작하고 있습니다."

이번에는 다로얀이 가온의 질문에 답했다.

바라크로 가는 가도가 산을 따라 건설되기는 했지만 고산지대에 속하지는 않았다. 그래서 산맥 안임에도 불구하고 많은 사람이 살 수 있는 크고 작은 분지들이 있었기 때문이다.

당연히 깊은 산속에 서식하는 마운틴트롤을 볼 일은 거의 없었지만, 놈의 주 식량인 오크의 이동으로 인해서 이런 곳까지 출몰하게 된 것이다.

"마운틴트롤을 상대하려면 적어도 골드급은 되어야 합니다. 보통 골드급 전사 세 명은 있어야 사냥을 할 수 있고요."

검기가 아니면 상대조차 할 수 없다는 말이다.

"다로얀 전사, 놈들이 모여 있소?"

"아닙니다. 사냥을 한 지 얼마 지나지 않았는지 암수 한 쌍을 빼고는 대략 오륙십 보 거리를 두고 휴식을 취하거나 잠을 자고 있습니다."

"사냥을 한 지 얼마나 지난 것 같소?"

트롤이나 오우거는 사냥을 끝내며 포식을 한 후에는 반드시라고 해도 좋을 만큼 한곳에서 오래 머무른다. 다시 배가 고파져야 사냥을 위해 이동을 하는 것이다.

"선명하게 남은 흔적으로 보아서 하루나 이틀 전으로 보입니다."

그렇다면 놈들은 당분간 그곳을 떠나지 않을 것이다.

'다른 곳으로 유인을 하려면 골치가 아프니 차라리 죽여야겠네.'

다로얀의 대답을 들은 가온은 한꺼번에 처리를 해야겠다고 마음먹었다.

"마운틴트롤도 목을 자르면 됩니까?"

"아닙니다. 머리를 완전히 부수거나 심장을 터트려야만
합니다."

머리가 잘려도 제대로 붙이면 붙을 정도로 강력한 재생력
을 가지고 있다는 말이다.

"놈들은 나와 내 동료들이 직접 처리하겠소."

"……여섯 마리가 한꺼번에 달려들 수도 있습니다."

야쿰바가 심각한 얼굴로 말했다. 달리아트족 전사들도
강하지만 마운틴트롤 여섯 마리를 상대로는 절대적인 열세
였다.

"차라리 그편이 낫소."

"알겠습니다."

야쿰바는 눈으로 직접 가온의 무력을 확인하지 못했지만
그의 강함은 충분히 느끼고 있었다.

'도저히 어떤 경지인지 짐작할 수 없어.'

골드급 전사인 자신의 눈에도 가온이 얼마나 강한지 알 수
없을 정도로 강자이니 그가 하는 말을 믿어야만 했다. 어차
피 돌아갈 길도 없었고 자신을 포함한 달리아트족 전사들을
고용한 단이라는 상인도 상행을 포기할 마음이 없어 보이니
강행을 해야만 했다.

"온 랑, 어떻게 하려고요?"

"마운틴트롤은 정말 강해요. 일대일로도 오우거를 능히

상대할 수 있다고요."

양옆에 붙은 아나샤와 아레오는 가온의 장담에도 불구하고 걱정을 떨쳐 내지 못하고 있었다.

"당신들이 도와주면 돼."

가온은 이제 두 여인에게 편하게 말을 하기로 했다. 물론 그녀들의 부탁에 의한 것이었는데, 진심으로 그를 자신들의 남자로 받아들였다는 증거라고 했기에 거부할 수가 없었다.

"저희야 얼마든지 돕겠지만 너무 위험해요."

"당신이 얼마나 강한지 잘 알고 있지만 저도 같은 생각이에요."

이럴 때는 의견이 착착 맞는 두 여인의 얼굴에는 짙은 우려의 빛이 가득했다.

"이런 경우를 대비한 건 아닌데 일전에 사냥했던 오크 사체 서른 구 정도를 챙겨 두었어. 그걸로 놈들을 한곳으로 유인할 거야. 그 전에 그곳에는 홀리피어진을 설치해 두어야겠지. 진의 안쪽은 물기로 축축하게 적셔 놓으면, 놈들이 오크를 먹느라고 정신이 없을 때 아나샤가 신성력을 전격으로 치환하고 동시에 아레오가 전격 마법을 추가하는 거지."

"그걸로는 죽지 않아요!"

"신성력과 전격 마법의 효과로 놈들의 전력이 최소 3할 정도는 낮아질 거야. 그 정도라면 나 혼자 충분히 처리할 수 있어."

"아나샤 언니를 통해 온 랑이 사용할 수 있는 신성력이 대단한 수준이고 몬스터인 마운틴트롤을 상대로 강력한 위력을 발휘한다는 건 잘 알지만, 혼자서 여섯 마리나 감당할 수는 없어요."

오늘 새벽 이후 가온을 사랑하는 남자를 가리키는 온 랑이라는 칭호로 부르기 시작한 두 여인은 진심으로 가온의 안위를 걱정하고 있었다.

그리고 그 마음은 오히려 가온을 흐뭇한 마음과 함께 호기를 부리도록 만들었다.

어젯밤에는 출행한 뒤 처음으로 아나샤와 사랑을 나누었다. 물론 얼마 후에는 아레오와 사랑을 나누었지만 말이다.

아레오는 아나샤와 잠자리를 하는 것으로 가온이 엄청난 신성력을 만 하루 동안 사용할 수 있다는 사실을 알고 있었고 넌지시 관계를 가질 것을 권했다.

그래 놓고는 막상 질투심을 어쩌지 못해서 가온의 품을 파고들었다.

"나 혼자만이라면 몰라도 우리 셋이라면 충분히 가능해."

"정말 그렇게 확신해요?"

묻는 아레오는 물론이고 아나샤도 기대감으로 가득한 눈으로 가온의 대답을 기다렸다.

"응. 확신해! 명상법을 통해 두 사람도 급성장했잖아."

청뇌명상법을 익힌 지 얼마 되지 않았지만 두 사람의 능력은 크게 올랐다. 그만큼 마력의 질이 상승한 것이나 정신력과 집중력이 높아진 결과가 대단했다.

두 사람은 가온처럼 수치로 표시되는 상태창이 없었기에 구체적인 성장 폭은 알 수 없었지만 이전에 비해서 대략 2할 정도는 더 강해졌다고 했다.

"좋아요! 해 봐요!"

"온 랑만 믿을게요."

확신에 찬 가온의 대답에 아레오와 아나샤의 분위기가 바뀌었다.

가온과 아레오 그리고 아나샤는 다로얀과 세 정찰조원의 안내를 받아서 마운틴트롤들이 자리를 잡고 있는 곳으로 향했다.

"저쪽입니다."

다로얀이 가리키는 곳을 보니 100여 미터 떨어진 가도 옆의 거대한 바위 아래에 트롤 한 마리가 앉아서 졸고 있었다.

'확실히 일반 트롤과는 차이가 있네.'

보통 키가 4, 5미터에 이르는 일반 트롤과 달리 마운틴트롤은 3.5미터 정도였고, 피부색도 녹색 계통이 아니라 암갈색 계통이었으며, 얼굴을 제외한 전신에는 다시 짧은 털들이 밀생한 외모를 가지고 있었다.

몸매도 달랐다. 호리호리한 일반 트롤과 달리 단단한 근육을 통해 강한 힘을 가지고 있음을 단박에 알 수 있는 건장한 몸이었다.

'확실히 산악지형에 적응한 변종이네. 재생력까지 고려하면 오우거와 견줄 만해.'

키가 배 이상 차이가 나지만 강력한 재생력과 힘을 포함한 육체 능력을 고려하면 오우거에게도 쉽게 밀리지 않을 것 같았다.

다른 놈들도 확인을 해 봤는데 막 쌍을 이룬 암수 두 마리를 빼고는 멀찍이 떨어져서 졸고 있었다. 하지만 가까이 접근할 정도는 아니었다.

가온이 유심히 살핀 것은 마운틴트롤들보다는 오크의 뼈로 보이는 것들이었다.

'기껏해야 30마리 정도에 불과하네.'

부서졌지만 다른 뼈와 달리 알아볼 수 있는 두개골의 숫자가 그 정도였다.

트롤의 식성을 생각하면 여섯 마리에게 30여 마리의 오크는 제대로 배를 채울 수 없는 숫자일 것이다.

깨어 있는 암수 한 쌍은 물론 졸고 있는 것으로 보이는 나머지 마운틴트롤들도 인간이 가까이 접근하면 바로 깨어나서 공격을 가할 것이다.

"이제 적당한 곳을 찾아서 덫을 놓아야겠군. 다들 이곳에서 기다리시오."

미리 카오스에게 부탁을 해 두었지만 자신이 직접 확인해야 했다.

대답을 기다리지 않고 움직인 가온의 몸이 순식간에 일행의 눈에서 사라졌다. 어느새 일행의 눈에서 벗어난 것이다.

다로얀을 포함한 달리아트족 전사들은 섣불리 탄성을 지르지는 않았지만 놀람을 감추지 못했다. 자칭 엘프의 후예를 자처하는 그들도 질릴 정도로 빠르고 은밀한 움직임이었기 때문이다.

"언니, 정말 괜찮겠죠?"

어젯밤에 자연스럽게 번갈아 가온에게 안긴 이후 아레오는 아나샤를 언니로 부르기로 했다. 그만큼 서로를 인정하고 상대에게 편해진 것이다.

"온 랑을 믿어야지. 우리가 알고 있는 온 랑의 모습이 수없이 많은 껍질 중 하나에 불과할 정도로 대단한 사람이니까."

아나샤는 가온이 우트의 현신자라는 사실만으로도 그를 신뢰하지만 사랑을 느끼면서 더욱 믿게 되었다.

"홀리필드진을 사용하겠죠?"

"그렇겠지. 홀리피어는 제대로 먹히지 않을 가능성이 크니까."

"홀리필드진으로 놈들을 유인해서 능력을 약화시키고 제 마법과 본신의 능력으로 마운틴트롤을 해치우려는 것일까요?"

"나로서는 그 정도밖에 생각할 수 없지만 온 랑이라면 다른 특별한 수가 있을지도 모르겠어."

얼마 후 돌아온 가온을 따라간 사람들은 주위보다 3미터 정도 낮은 공터를 볼 수 있었다. 한쪽 길이가 대략 50미터에 달하는 사각형의 땅으로 사람 허리까지 오는 풀들이 자라고 있었다.

"원래 물웅덩이였는데 물이 모두 마른 모양이네요."

사람들은 아레오의 말에 동의했지만 실은 카오스가 만든 작품으로 다른 비밀이 더 있었다.

"아나샤, 미리 코어 자리에 표시를 해 두었으니 성물을 설치해."

"홀리피어진인가요?"

"맞아."

홀리피어는 주로 신성력이 마수나 몬스터의 정신을 공격해서 공포, 환각, 환청 등의 상태 이상을 유발해서 전력을 약화시키고 감각을 무디게 만든다.

하지만 트롤이나 오우거와 같은 상급 몬스터의 경우 가장 효과적인 공포를 유발하기는 힘들다. 항마력을 가지고 있으며 공포감 자체를 잘 모르는 놈들이었다.

거기에 아나샤만의 특수한 능력으로 전격진으로 변환을 시킬 수 있지만 트롤 정도면 전격으로 전력을 크게 약화시키기가 힘들었다.

아나샤는 고개를 갸웃했지만 가온의 말대로 공터 주위를 돌아다니면서 창이 박혀 있던 자리에 성물을 묻기 시작했다.

"아레오는 워터 마법으로 이곳을 발목까지 물로 채워 줘."

"일단 그것만인가요?"

"그래. 그 일이 끝나면 전격 마법을 준비하고."

"알았어요."

잠시 실망했던 아레오가 다시 화색이 되었다.

"저희는 뭘 할까요?"

가만히 있어도 될 다로얀과 세 전사도 의욕을 보였다.

"조금 멀리 떨어진 곳에서 사냥을 해 올 수 있겠소? 큰 동물이 아니라 설치류 정도면 되며 되도록 살려서 가지고 와 주시오."

오크 사체로 유인을 할 생각이지만 피를 흘리는 살아 있는 동물이 있다면 시간을 단축할 수 있을 것이다. 트롤들도 싱싱한 피 냄새에 이끌리니 말이다.

"맡겨 주십시오."

야쿰바의 특별 지시를 받았기 때문에 가온이 어떤 식으로 마운틴트롤을 사냥하는지 지켜봐야만 했던 달리아트족 전사들이 빠르게 움직였다.

청뇌명상법을 통해서 마력이 순화되어서 그런지 아레오는 금방 공터를 물로 채웠다.

카오스가 미리 지면의 높이를 3미터나 낮출 정도로 압력을 가해 두었기 때문에 토양의 공극이 거의 없어서 물이 쉽게 빠지지 않아서 가능한 일이었다.

"온 랑, 마지막 성물만 남았는데 지난번처럼 구덩이를 안 파 두셨네요?"

이미 일을 마치고 돌아온 아나샤가 물었다.

"그건 내가 할 테니 아나샤는 지난번처럼 전격을 준비해 줘."

가온도 신성력을 사용할 수 있기 때문에 홀리피어진을 발동시키는 건 어렵지 않았다.

"그건 바로 할 수 있으니 걱정하지 말아요."

"그럼 아레오와 당신은 좀 멀리 떨어진 나무 위로 올라가 있어."

아레오와 아나샤를 뒤쪽으로 보낸 가온은 아공간에서 오크 사체들을 꺼내 난도질을 했다. 죽은 지 얼마 안 되는 사체들이기는 했지만 피 냄새가 벌써 많이 희석된 상태라서 이렇게 해야만 했다.

오크 사체 몇 구는 난자된 상태이고 이십여 구는 그대로 두었다.

피 냄새는 서서히 주위로 퍼져 나가고 있었지만 마운틴트롤이 있는 곳까지 닿으려면 아직 꽤 시간이 걸린다.

그때 달리아트족 전사들이 돌아왔다.

그들은 몸에 화살이 꽂힌 거대 쥐 종류로 몸집이 꽤 커서 안고 있는 전사들의 상체를 가릴 정도였다.

"굉장히 빠른 놈들로 보이는데 수고했소. 이놈들은 내게 맡기고 모두 안전한 뒤쪽의 나무 위로 올라가 있어요."

달리아트족 전사들이 공터에 널려 있는 오크 사체들을 보며 놀란 얼굴로 물러나자 가온은 피를 흘리는 거대 쥐들의 목덜미를 한꺼번에 양손으로 쥐고 마운틴트롤들이 있는 곳으로 이동했다.

그런 가온의 모습을 아나샤와 함께 나무 위에서 지켜보는 아레오는 가온을 믿지만 걱정을 떨쳐 내기가 힘들었다.

"언니, 그 작은 설치류로 마운틴트롤들을 유인할 수 있을까요?"

"일반적이라면 한 마리 정도만 관심을 보여도 성공이야. 트롤은 워낙 대식가이기 때문에 먹잇감이 어지간한 크기가 아니면 신경도 안 쓸 테니까. 게다가 놈들 중 둘을 제외하고는 늘어져서 자거나 조는 것으로 보아 어느 정도 배를 채운 것 같으니 아예 관심을 보이지 않을 수도 있고."

아레오의 물음에 아나샤가 조곤조곤하게 대답을 했다.

"하지만 온 랑이 그걸 모를 리가 없지. 무조건 유인해 올거야."

"그렇긴 한데 괜히 놈들에게 공격을 당할까 봐 걱정이 되네요."

"우리의 남자는 걱정할 대상이 아니야. 우트님조차 믿고 자신의 힘을 건네주시는걸."

"맞아요. 우리의 남자는 우리를 걱정하면 했지 걱정받을 존재가 아니죠."

아레오는 아나샤가 '우리의 남자'라는 말을 언급하는 순간 급격히 서로의 거리가 가까워지는 것을 느꼈다.

한 남자를 사랑하는 사이이니 당연히 감정이 좋을 수 없지만 왠지 자신들은 그렇지 않을 것 같다는 생각이 들었다.

'우리의 남자는 보통 남자가 아니야.'

서로 마주 보며 웃고 있는 둘의 머릿속에 동시에 떠오른 생각이었다.

그녀들의 생각대로 가온은 윈드 마법을 이용해서 점찍은 마운틴 트롤들을 유인하는 데 성공했다.

'굳이 한 마리씩 유인할 필요는 없어.'

원래의 효과도 만족스럽지만 전격진으로 변환시킨 홀리피어진의 위력은 이미 충분히 강력했다. 오크를 상대할 때보다 크기가 작기 때문에 전격의 위력은 더 강력할 테니 마운틴트롤에게도 충분히 통할 것이다.

다리가 끊어져서 피를 흘리는 거대 쥐는 냄새를 맡은 놈들의 관심을 끄는 용에 불과했다. 홀리피어진이 설치된 공터에 이르는 길에 적당한 간격으로 난도질한 오크 사체를 늘어놓은 것이 놈들을 유인하는 데 큰 역할을 했다.

가온은 마운틴트롤들이 오크를 사냥하고 잡아먹었지만 숫자가 여섯이나 되고 덩치가 있어서 일부는 만족할 정도로 포식은 하지 못한 것으로 생각했는데 그 예상이 맞았다.

피를 흘리는 거대 쥐는 물론이고 죽은 지 시간이 좀 흘렀지만 오크는 마운틴트롤이 가장 좋아하는 먹이여서 피 냄새가 놈들의 식욕을 자극했다.

마운틴트롤들은 처음에는 일정한 간격으로 죽은 오크가 놓여 있는 것에 의심을 했지만 그게 계속해서 반복되자 결국 의심을 풀었다.

중간에 한 마리씩만 놔두었기에 마운틴트롤들은 다투어서 오크의 피 냄새가 나는 곳을 향해 뛰기 시작했다. 그래야 먹이를 독식할 수 있었기 때문이다.

마운틴트롤들이 물웅덩이 중앙에 20여 마리나 되는 오크 사체가 쌓여 있는 것을 발견하고 환장하며 진 안으로 뛰어들자 가온은 마지막 성물을 코어 위치에 단단히 꽂아 넣었다.

투명화 스킬을 발동한 상황이고 체취를 막아 주는 야행의까지 입은 상태이기에 서로 많이 먹겠다며 싸우기까지 하는 마운틴트롤들의 관심을 끌 일은 없었다.

마침내 마운틴트롤 여섯 마리가 모두 공터로 들어온 순간 홀리피어진이 발동되었다.

성물에서 흘러나온 신성력은 순식간에 진 내부를 가득 채

웠고 마치 싸우듯 오크를 먹어 치우던 마운틴트롤들의 눈이
새빨갛게 변하며 광기에 젖었다.

크르르!

마운틴트롤들은 환각을 보고 있었다. 자신의 먹이를 빼앗
으려는 오우거들이 자신을 둘러싸고 있는 환상이었다.

오우거를 두려워할 마운틴트롤이 아니다. 거기에 지금 먹
고 있는 오크는 암컷이라 살도 야들야들하고 피도 신선한 편
이어서 무척이나 맛있었다. 당연히 빼앗길 수 없었다.

뜯어먹고 있던 오크 사체를 내려놓은 마운틴트롤은 가장
앞에 있는 오우거를 향해 몸을 날렸다.

파앗!

단숨에 5미터 이상을 난 마운틴트롤이 오우거의 목덜미에
톱니처럼 날카롭고 긴 이빨을 박아넣었다.

끄아아앗!

천적인 오우거가 비명을 지르자 목덜미를 문 마운틴트롤
은 만족감에 빨고 있는 피로 붉게 변한 잇몸을 드러냈다.

오우거가 길고 날카로운 손톱으로 온몸 구석구석을 마구
찌르고 살점과 힘줄 그리고 혈관을 뜯어냈지만 재생력이 강
한 마운틴트롤은 꿈쩍도 하지 않았다.

하지만 오우거도 무작정 당하지 않았다. 성기와 젖가슴을
통째로 뜯어내기 시작한 것이다.

아무리 재생력이 높다고 해도 몸에서 가장 민감한 부위가

통째로 뜯기고 떨어져 나가는 고통은 참을 수 있는 것이 아니다.

비명을 지르며 물고 있는 이빨에서 힘이 빠져나가자 이번에는 오우거가 마운틴트롤의 목덜미에 이빨을 박아 넣었다.

홀리피어진 내부의 모습을 쳐다보던 아나샤와 아레오는 투명 스킬을 해제한 가온이 수신호를 하자 나무에서 내려와서 그를 향해 뛰었다.

"둘 다 준비해요!"

고개를 끄덕인 아레오가 정신을 집중하고 주문을 영창하기 시작했고, 아나샤 역시 신성력을 뇌전력으로 치환할 준비를 했다.

그런 두 사람을 보고 있던 가온이 아공간에서 대검 한 자루와 거대한 해머를 꺼냈다.

얼마 후 지독한 통증에 환각에서 깨어난 마운틴트롤들이 엉망이 된 자신과 다른 다섯 동족을 확인하고 망연자실하고 있을 때 신성력이 뇌전력으로 치환되었다.

그와 거의 동시에 아레오가 날린 일렉트릭 쇼크가 놈들을 덮쳤다.

츠즈즈즈.

일전에는 오크 수백 마리를 통구이로 만들어 버렸던 시퍼런 뇌전이 마운틴트롤들을 삼켜 버렸다.

순식간에 감전된 마운틴트롤들은 비명조차 지르지 못하고 몸이 굳어 버렸다.

재생이 되고는 있었지만 이미 피가 낭자할 정도로 큰 살점들이 뜯겨 나간 상황이라서 전격은 피를 타고 트롤의 신체 내부로 흘러들어 가서 순식간에 신경을 태워 버린 것이다.

마운틴트롤들은 항마력이 높은 편이었지만 매질인 물과 피를 통해 끊임없이 신체 내부로 침투하는 전격으로 인해 꼼짝도 할 수 없었다.

신경조직이 실시간으로 타고 있는 것이다.

물론 그 정도로 마운틴트롤은 죽지 않는다. 놈들은 강력한 재생력으로 신경조직까지 재생시킬 수 있었다.

얼마 후 전격이 서서히 사그라들 때 가온이 진 안으로 난입했다.

"안 돼!"

"온 랑, 위험해요!"

아직도 공터 바닥의 물을 타고 남실거리는 전격이 남아 있는 상태라 아레오와 아나샤가 거의 동시에 비명처럼 경고를 했지만 가온은 아랑곳하지 않았다.

뇌전신공을 익힌 가온도 당연히 감전당할 수밖에 없지만 그건 마누가 막아 주었다. 아니, 흡수하고 있었다.

싸악! 퍽!

가온은 아직 신경이 완전히 재생되지 않아 제대로 반응하지 못하는 마운틴트롤의 머리를, 검기를 두른 대검으로 자른 후 왼손에 들고 있던 거대한 해머로 떨어진 머리통을 내리쳤다.

통째 강철로 만든 해머에도 마나가 가득 주입된 상태였기에 트롤의 머리통은 산산조각이 났다.

그것으로 한 마리는 끝장이 났다. 전격에 노출된 신체 부위야 재생력으로 수복할 수 있지만 뇌가 없기 때문에 곧 쓰러질 수밖에 없었다.

사색이 되어 황급히 나무를 내려와 가온을 향해 달리던 두 여인의 발걸음이 멈추었다.

"온, 온 랑이 항마력까지 가지고 있었어!"

"아무리 항마력을 가지고 있다고 해도 남은 전격은 인간이 감당할 수 있는 수준이 아니었는데……."

그렇게 두 여인을 망연자실하게 만든 가온은 대검과 워해머를 사용해서 물 흐르듯 자연스럽게 마운틴트롤 다섯 마리를 차례로 죽여 버렸다.

마지막 두 마리는 전격이 약해지기 무섭게 신경이 재생되려고 했지만, 가온이 뇌전신공을 발휘해서 다시 전격에 휩싸였다.

그렇게 마운틴트롤 여섯 마리를 사냥한 가온은 잠시 가만히 서서 파워드레인 스킬을 펼쳤다.

'오오! 엄청나네!'

흡수되는 마나는 물론 재생력까지 엄청난 수준이었다. 정말 오우거에 못지않은 양이었다. 특히 피에 담겨 있는 재생력은 엄청났다.

오랜만에 레벨도 하나 올릴 수 있었다.

사실 봉인하기로 해서 그렇지 정령들이나 오러블레이드를 사용하면 쉽게 죽일 수 있는 사냥감이기는 했지만 이런 방식으로 사냥을 하는 것도 나름 재미가 있었다.

등급이 올라서 그런지 이제 파워드레인 스킬로 마나를 흡수하는 건 순식간이었다.

좀 더 시간을 끌면 마운틴트롤의 모든 것을 에너지로 바꾸어서 털 하나까지 모조리 흡수할 수 있을 것 같은데 아레오와 아나샤가 방해를 했다.

"온 랑!"

"온 랑!"

두 여인은 사냥이 끝난 후에 놈들의 사체 한가운데에 서서 멍하니 있는 것으로 보이는 가온에게 무슨 일이 생긴 것은 아닌지 걱정이 되어 소리를 지르면서 달려오고 있었다.

파워드레인 스킬을 해제한 가온이 두 사람 쪽으로 몸을 돌렸다.

많이 걱정했는지 울 것 같은 얼굴로 달려오는 두 여인을 보자 마음이 따뜻해졌다. 몸과 마음을 나눈 사이라서 그런지 자신을 걱정하는 두 여인의 마음이 그대로 전해진 것이다.

대검과 해머를 다시 아공간으로 집어넣은 가온이 두 팔을 벌리자 두 여인이 새처럼 품 안으로 날아들었다.

아레오와 아나샤는 자신들의 허리를 단단히 감아 주는 가온의 팔을 통해 전해지는 생생한 힘을 느끼며 비로소 걱정을 내려놓았다.

"괜찮죠?"

따뜻한 미소를 지은 가온은 두 사람의 눈을 번갈아 보면서 고개를 끄덕였다.

"걱정했어요."

"다음에는 걱정하지 말아요. 당신들의 남자는 그리 약하지 않으니까."

"알았어요. 우리의 남자는 강해요!"

"든든해요."

단단한 근육으로 가득한 팔과 어깨를 끌어안는 아레오와 아나샤의 얼굴에도 환한 미소가 떠올랐다.

혼울프

세 명밖에 안 되는 가온 일행이 마운틴트롤 여섯 마리를 사냥했다는 소식은 정찰조를 통해서 산 너머에서 대기하고 있던 상행에 전해졌다.

"하아! 정말 골드 상급이 맞긴 한가?"

한 손에는 대검을, 다른 한 손에는 거대한 해머를 들고 아직도 전격이 흐르는 곳으로 들어가서 마운틴트롤의 목을 베고 해머로 머리통을 부숴 버렸다는 가온의 신위에 대해 들은 수뇌부는 물론이고 상행의 모든 구성원은 경악했다.

"온 님은 골드 상급이 아니라 미스릴급일 가능성이 높습니다."

"온 님의 경지는 감히 추측도 할 수 없지만 아레오의 경우만 해도 나이는 나보다 어리지만 같은 4급인 나와 보젤보다 윗줄임은 확실합니다. 게다가 동행하고 있는 사제도 평소에는 아무런 기도도 올리지 않음에도 그처럼 귀한 성물을 다섯 개나 가지고 있는 것으로 보아 어느 신전인지는 몰라도 대사제급이 확실합니다."

로테른의 말에 홀리오가 진지한 얼굴로 자신의 의견을 밝혔다.

이 자리에 동석한 야쿰바는 경악한 나머지 다른 사람들의 말은 귀에 들어오지 않았다.

'우리 전사들이 거대 쥐 네 마리를 잡아 오는 동안 온이라는 전사는 오크 20여 마리를 사냥했다고 했어. 매의 눈을 가진 우리 전사들도 잔상만 겨우 봤을 정도로 빠르게 이동할 수 있다고 했으니, 그사이에 마운틴트롤들이 놓친 오크들을 사냥해 온 것은 틀림없는데 과연 그게 가능한 일일까?'

어쩌면 온이라는 전사는 순간이동이 가능한 특별한 능력을 가지고 있을지도 모른다는 생각이 들었다.

그 생각을 하자 더욱 온이라는 존재가 두려워졌다.

"온 님과 그 일행의 능력이 그렇게 높다니 참으로 안심이네. 온 님이 나선 덕분에 길을 막고 있던 마운틴트롤이 모두 죽었다니 빨리 이동합시다! 늦으면 다 어두워진 후에야 숙영하게 될 테니!"

단도 놀라긴 했지만 전사가 아니기에 충격에서 금방 빠져

나왔다. 그의 말대로 호위 전사들을 이끄는 수장이 그 정도
의 강자라면 상행은 더욱 안전해질 것이고 자신들에게는 더
없이 좋은 일이다.

단의 명령에 사람들은 정신적인 충격을 겨우 떨쳐 내고 이
동을 시작했다.

이후 일정은 순조로웠다. 당연히 길을 틀어막고 있는 마수
와 몬스터 들이 있었지만 상행의 호위 전력도 그렇게 사기
또한 어지간한 마수와 몬스터는 순식간에 정리해 버릴 정도
로 높았다.

가장 위험한 존재들은 마나가 주입된 가온의 화살에 여지
없이 쓰러졌기 때문에 전사들은 나머지만 맡으면 되었다.

그렇게 일주일이 지나자 상행은 바라크로 향하는 가도 중
에서 가장 편한 구간에 도착했다.

"이제 넓은 고원평야가 이어지기 때문에 하루 반 정도는
편하게 이동할 수 있습니다."

평야로 내려오자 단이 가까이 붙어 설명을 해 주었다.

고원평야의 크기는 엄청나게 넓었고 강우량도 넉넉한 듯
곳곳에 저수지와 작은 호수 들이 널려 있어 밀이나 호밀과
같은 작물을 재배하거나 목축에 적당했다.

낮은 경사의 비탈에는 수많은 과수가 자라고 있었고 마침
수확철인지 익은 과일들이 주렁주렁 매달려 있어서 보기만

해도 마음이 푸근해졌다.

당연히 이 고원평야에는 호수들을 중심으로 꽤 많은 마을들이 들어서 있었고 중앙에는 에딘이라는 후작성이 자리하고 있었다.

"에딘 후작은 독립을 선언한 지 오래입니다. 이곳에서 생산되는 풍부한 식량과 가축을 무기로 다리안 왕국의 지배를 공식적으로 벗어나는 데 성공했고요."

"마수나 몬스터가 많이 출몰하지 않는 모양이군요."

"그건 아닙니다. 곡물은 물론 고기까지 쉽게 구할 수 있으니 마수들은 물론 몬스터들도 수시로 출몰합니다. 특히 수확기에는 울프와 오크 들이 수시로 내려옵니다. 하지만 자치령이 된 이곳의 영주인 에딘은 식량을 대가로 각처에서 뛰어난 전사들을 불러모아서 성공적으로 퇴치하고 있습니다. 이 근처에서 식량을 마음껏 구할 수 있는 곳은 이곳이 유일하기 때문에 근방의 세력가들도 울며 겨자 먹기로 전사들을 파견하고요."

단이 거기까지 설명했을 때 앞쪽으로 보낸 정찰조가 황급히 달려왔다.

"혼울프다!"

가온이 안력을 집중해서 살펴보니 정찰조원들의 뒤편으로 회백색의 털에 머리에 뿔이 돋아 있는 큰 몸집의 늑대들이 달려오는 것이 보였다.

단은 얼어붙었고 아레오가 혼울프는 늑대가 변이한 마수라는 사실을 알려 주었다.

"블루울프와의 차이는 변종 여부인가?"

"맞아요. 몸집도 더 크고 마정석을 품고 있는 만큼 더 강력한 전투력을 가지고 있어요. 몇 년 전에만 해도 북방 초원에서 간간이 목격되었다고 들었는데 여기까지 진출했을 줄은 몰랐어요."

아나샤가 긴장한 얼굴로 대답해 주었다.

"마차로 원진을 만들어!"

이런 개활지에서 적을 만날 때 취할 수 있는 방책은 원진이 유일했다. 이른바 방진이다.

다들 노련한 만큼 순식간에 마차가 연결되어 원을 그렸고 말들은 원진 안쪽에 따로 묶어 두었다.

가온은 전력을 적절하게 분배해서 배치하고 브론즈급 이하의 전사와 상단 직원 들에게 석궁을 될 수 있는 대로 많이 장전하도록 지시했다.

"아이언급 이상에게 창을 다섯 자루씩 나눠 줘!"

혼울프의 덩치는 블루울프보다 훨씬 더 커서 송아지만 했다. 당연히 석궁의 볼트로는 쉽게 숨통을 끊기 힘드니 투창이 제격이다.

"놈들이 포위하기 전에 내가 나가서 숫자를 줄일 테니 마법사들은 원진 바깥에 될 수 있는 한 많이 구덩이를 파시오!"

일전에도 했던 경험이 있는 아레오와 홀리오를 필두로 마법사들이 빠르게 원진 밖으로 뛰어나가자 가온은 아나샤를 불렀다.

"아나샤, 코어 위치를 잡아 줄 테니까 원진을 포함하는 홀리필드진을 설치해!"

성물만 사용하는 홀리피어진과 달리 홀리필드진은 중앙에 위치한 사제의 역할이 가장 중요해서 코어가 정확한 위치에 자리하지 않아도 된다.

가온은 대답을 듣지 않고 바로 원진 밖으로 뛰어나갔다.

"온 님!"

"위험합니다!"

뒤에서 그를 부르는 소리가 들렸지만 무시했다.

'최대한 놈들의 기세를 꺾어야 해!'

이제 막 원진 안으로 복귀하는 정찰조를 쫓아온 혼울프의 숫자는 거의 1천여 마리에 달했고 그중에서도 선두의 100여 마리는 금방이라도 정찰조를 덮칠 것 같았다.

투기가 오를 대로 오른 놈들의 예봉을 꺾어서 대응할 시간을 벌어야만 했다.

두 손으로 대검을 쥔 가온의 몸이 마치 날아가듯 빠른 속도로 혼울프를 향해 달려갔다.

사람들은 대검이 빠르게 춤을 추는 모습을 멍하니 쳐다보았다.

가온이 쥐고 있는 대검은 성결한 분위기를 자아내는 새하얀 오러에 둘러싸여 있어서 잔상만 겨우 볼 수 있을 정도로 빠르게 움직이는 그의 몸과 달리 비교적 선명한 궤적을 그리면서 춤을 추고 있었는데, 잔상 뒤에는 푸른 피가 비산하며 허공을 물들였다가 땅으로 내려앉았다.

새하얀 대검이 지나간 자리에는 머리에 뿔이 나 있는 거대한 늑대가 널브러져 마지막 경련을 하고 있었는데 목이나 심장 부위에서 푸른 피를 뿜어내고 있었다.

"꼭 대검이 혼자 허공에서 춤을 추는 것 같아!"

"성검인가? 그럴 리는 없겠지만 검에서 신성한 오러가 넘실거리는 것 같아."

누군가의 말대로 가온의 몸은 마치 보이지 않는 날개를 달고 있는 것처럼 허공을 날아다니고 있었다.

실제로는 급소를 베고 찔렀다가 회수한 혼울프의 몸을 박차고 날아서 다른 목표를 노리는 모습이었지만 허공에서 몇 번이나 자세를 바꾸거나 허공을 밟고 도약하는 모습이 마치 춤을 추는 것처럼 보였다.

그것만이 아니다. 혼울프들이 몰린다 싶을 경우에는 그의 검에서 반월 형태의 선명한 흰색 검기들이 사방으로 날아가서 정확하게 혼울프들의 머리통을 잘라 내고 있었다.

얼마 후, 100여 마리로 구성된 혼울프의 선두는 완전히 궤

멸되었고, 뒤따라오던 놈들은 투기를 방사하고는 있었지만 이동 속도는 확연하게 줄어들었다.

그제야 대검을 거두어들인 가온은 천천히 원진을 향해 돌아오고 있었지만 혼울프들은 그 모습을 보고만 있었다.

천천히 무리를 뒤따라오고 있는 보스라면 몰라도 앞서 달려가던 용맹한 동족들이 무자비하게 학살당하는 모습을 직접 본 놈들은 살기를 발출하고는 있었지만 감히 그의 뒤를 공격할 엄두도 내지 못했다.

"진짜 멋있다!"

누군가의 말에 사람들은 경의에 가득한 얼굴로 천천히 걸어서 복귀하는 가온을 뚫어지게 쳐다보면서 격하게 고개를 끄덕였다.

단독으로 오크를 사냥할 수 있다는 마수인 혼울프도 겁이 나서 공격할 엄두도 내지 못할 정도의 신위를 보인 그가 천천히 걸어서 복귀하는 모습은 그만큼 멋졌다.

그사이에 가온이 지시한 대로 카오스가 화살을 꽂아 표시를 해 둔 코어 위치에 성물을 고정하는 것으로 홀리필드진을 완성한 아나샤는 이미 할 일을 마치고 원진 중앙에 쌓은 흙무더기 위에 올라가 있던 아레오의 옆으로 다가가서 가온의 모습을 보며 환한 미소를 짓고 있었다.

"언니도 봤죠? 우리의 남자는 역시!"

"호호호. 아레오의 말이 맞긴 하지만 앞으로 경쟁자가 많을 것 같아서 불안해."

여기까지 오는 동안 가온을 대하는 호위 여전사들은 물론
이고 달리아트족 여전사들의 태도나 눈빛이 크게 바뀌었다.

힘을 숭상하는 전사이기에 당연할 수 있는 반응이기도 했
지만 아레오와 아나샤는 그런 반응이 강한 수컷에게 이끌리
는 암컷의 자연스러운 반응임을 짐작하고 있었다.

"우리의 남자 정도면 어쩔 수 없지요. 하지만 쉽게 경쟁자
가 생기게 놔두지는 않을 거예요. 그런 의미에서 오늘 밤부
터 우리 같이해요."

"그러자. 부끄럽긴 하지만 그렇게라도 해야 좀 안심이 될
것 같아."

그렇게 아레오와 아나샤가 은밀한 약속을 하고 있을 때 가
온이 원진 안으로 복귀했다.

"역시 아나샤!"

어느새 활성화된 홀리필드진 덕분에 많은 양을 소모한 것
은 아니지만 빠르게 신성력이 채워지기 시작했다.

이번에는 신성력으로 검기를 생성하고 반월참을 사용해
봤는데 결과가 아주 만족스러웠다.

신성력으로 생성된 검기가 일정 반경 안으로 들어가는 순
간 놈들의 몸이 순간적으로 굳어 버렸기 때문에 아주 쉽고
빠르게 100여 마리를 도살할 수 있었다.

어쨌거나 홀리필드진 안에서는 혼울프가 블루울프보다 더

크게 영향을 받을 것은 확실했다.

　가온은 일단 혼울프의 예봉과 투기를 꺾어 대응할 시간을 번 것에는 만족했지만 놈들이 빠르게 포위망을 완성하는 모습을 지켜보면서 내심 걱정스러웠다.

　'대략 900마리나 되는 놈들이 한꺼번에 들이닥치면 아무리 홀리필드진으로 버프를 받는다고 해도 많은 희생자가 나올 수밖에 없어.'

　일대일로 혼울프를 죽일 수 있으려면 최소한 실버급은 되어야 하는데, 놈들의 숫자에 비하면 턱없이 부족했다.

　일전에 블루울프에게는 상당한 위력을 발휘했던 석궁도 이번에는 견제용이라면 몰라도 유효한 타격은 기대하기 힘들었다. 몸집이 더 크거니와 길고 밀생한 털과 질긴 가죽을 생각하면 볼트가 유효한 타격을 주기 어려웠다.

　그나마 투창이 효과적이기는 하지만 두세 번을 던지면 끝이고 창을 던져 달려오는 놈들을 제대로 맞힐 수 있는 전사도 그리 많을 것 같지 않았다.

　'젠장! 성과 확대를 포기해야 하나?'

　매직 아이템을 사용하거나 정령들만 소환해도 비교적 쉽게 이 위기를 극복할 수 있었다.

　즐겨 사용했던 능력을 봉인하니 답답해서 미칠 것 같았다.

　성과 확대가 욕심나기는 하지만 사람들이 위험한 상황이

되면 가능한 한 모든 수단을 쓸 생각이었다.

하지만 갓상점에서 본 '동화의 인'을 떠올린 가온은 그런 유혹을 뿌리쳤다.

게다가 이제까지 정령의 존재를 최소한으로만 활용해 온 것이 아까워서라도 어떻게든 정령들과 매직 아이템의 사용을 최소화한 상태로 혼울프를 처리해야만 했다.

짧은 순간 고심을 하던 가온은 한 가지 방책을 생각해 냈다.

"장창을 꺼내!"

단의 명령에 상단 직원과 마부들이 마차에 실려 있던 장창을 내리기 시작했는데, 길이가 5미터에 이르는 장창이었다. 거기에 재질이 통짜 철이어서 공격은 몰라도 밀집한 상태로 사용하면 몸집이 큰 혼울프의 공격을 피하거나 막는 데 무척 유용할 것 같았다.

'혼울프의 움직임이 기민하고 털과 가죽 때문에 인간의 힘으로 창을 제대로 찔러 넣기가 힘드니 차라리 바닥에 고정을 시켜 방어막을 만들면 되겠네.'

이런 긴 창을 30도에서 70도 각도로 바닥에 고정시켜 창의 숲을 만들어 두면 놈들도 쉽게 뛰어넘을 수 없을 것이다.

아마 꽤 많은 놈들이 달려오던 속도를 이기지 못하고 제힘 때문에 창에 꿰뚫릴 것이다.

'문제는 미리 고정을 시켜 두면 앞발로 쳐 내거나 강력한

도약으로 창의 숲을 무너뜨릴 수도 있어.'

타이밍이 중요했다. 미리 창대를 고정할 비스듬한 각도의 깊고 좁은 구덩이만 파둔 상태에서 가까이 접근했을 때를 노려서 창을 고정시키는 것이 관건이 될 것이다.

"당황하거나 겁먹지 않고 놈들이 멈추기 어려운 거리에 도달했을 때 창을 거치하는 것이 가장 중요하니 충분히 설명을 해 주시오."

가온이 단을 비롯한 수뇌부에게 그런 내용을 당부하고 있을 때 멀리에서 먼지구름이 일었다.

"에딘의 전사들이다!"

석궁을 들고 마차 위에 올라가 있던 상단 직원들이 환한 얼굴로 소리쳤다.

'에딘 쪽에서 지원군을 보냈나? 생각보다 빨리 도착했네.'

말을 탄 전사들은 금속으로 만든 투구와 아머를 착용했으며 긴 창을 들고 있었는데 숫자가 대략 500명은 될 것 같았다.

전사들이 나타나자 혼울프들은 보스의 명령에 따라서 반원에 해당하는 포위망만 풀고 그쪽 방향으로 집결하기 시작했다.

가온은 놈들이 빈자리를 채울 것인지 주의 깊게 살펴봤지만 그런 움직임은 없었다.

여전히 촘촘하게 간격을 유지한 상태로 반원에 해당하는

방위만 공격할 생각인 것 같았다.

"마법사들은 가장 강력한 마법을 준비하고 미리 타격점을 협의해서 피해를 확대할 수 있도록 해!"

마법사의 등급에 따라 차이는 있지만 파이어볼과 같은 원거리 공격 마법의 사거리는 화살을 훨씬 넘어선다. 거기에 화망까지 완성하면 엄청난 피해를 입힐 수 있었다.

"혼울프가 포위망을 푼 쪽의 전사들은 반대편으로 합류하고 놈들이 공격해 오면 자유롭게 대응하도록!"

가온의 명령에 반원 방향의 전력이 두꺼워졌다.

"아레오, 혹시 저쪽 앞에 흙을 올려서 높여 줄 수 있어?"

"해 본 적은 없지만 가능할 것 같아요."

"그럼 당장 해 줘."

아레오가 잠시 이미지를 떠올리는 것 같더니 곧 혼울프들이 집결하는 방향으로 원진에서 20미터 정도 떨어진 곳의 땅이 요동을 치며 위로 솟아오르기 시작했다. 그리고 잠시 후 높이가 5미터는 될 것 같은 흙더미가 만들어졌다.

즉각 원진 밖으로 빠져나가 아레오가 만든 흙더미를 향해 달려가는 가온의 손에는 어느새 복합궁이 들려 있었고 허리에는 네 개의 화살통이 매달려 있었다.

"이번에는 활인가?"

"온 님은 명궁일세, 그것도 내가 이제까지 본 중 가장 뛰어난."

로테른의 혼잣말에 장전한 석궁을 들고 있던 단이 그렇게
대답했다.

"정말입니까?"

"백발백중일세. 급소를 벗어난 화살은 본 적이 없으니까.
그리고 숨통을 끊는 데 두 발이 필요하지 않았네."

야쿰바가 호기심 가득한 얼굴로 가온을 쳐다보면서 묻자
단이 고개를 끄덕이며 대답했다.

그와 로테른은 지난번에 오크를 상대할 때 전사들을 이끌
고 직접 오크를 상대했기 때문에 말만 들었지 가온이 직접
활을 사용하는 모습을 보지 못했다.

"대체 어떤 수련을 했기에……."

"확실한 건 이번 상행은 온 님이 아니었다면 벌써 전멸했
을 거란 사실이지."

단의 말에 로테른이나 야쿰바는 격하게 고개를 끄덕였다.

지금 조금 전의 상황만 봐도 명확했다. 만약 가온이 자신
들을 발견하고 달려오던 혼울프의 선봉에 해당하는 100여
마리를 쓸어버리지 않았다면 난전이 벌어졌을 테고, 가온과
몇 사람을 제외하고는 죽거나 심하게 다쳤을 것이다.

우우우우!

공격을 알리는 보스의 하울링이 울려 퍼지자 모여 있던 혼
울프 500여 마리의 선두가 달려오는 에딘의 전사들을 향해

마주 달리기 시작했다.

하지만 선두가 달려감에도 뒤쪽에 있는 놈들은 에딘의 전사들에게 제대로 집중할 수가 없었다.

뒤쪽에서 화살이 날아와서 혼울프의 머리통을 깊이 파고들었는데 그 결과가 충격적이었다.

퍽! 꽝!

화살촉에 불안정한 상태로 주입되었던 반대 속성의 화기가 두개골을 뚫는 순간 충격에 의해 폭발하자 뇌는 물론 머리통 전체가 산산조각이 났다.

그 모습을 확인한 가온이 흐뭇한 미소를 지었다. 혼울프의 큰 몸집과 마수임을 고려해서 문득 떠오른 생각대로 시도해봤는데 성공한 것이다.

'역시 가능한 일이었어!'

음과 양의 속성으로 분리한 화기를 분리한 상태로 농축해서 촉에 주입한 후 화살을 쏜 효과는 확실했다. 단순히 화기를 주입했을 때보다 양도 적었지만 폭발력은 기대 이상이었다.

'폭발력이 익스플로전에 못지않아!'

아직 익숙하질 않아서 한 발을 날리는 데 시간이 좀 필요했지만 위력만은 확실했다. 이 정도면 굳이 머리통이 아니더라도 전투력을 크게 떨어뜨릴 수 있는 피해를 줄 수 있을 것 같았다.

음양신공을 익혀서 그런지 음 속성과 양 속성의 화기를 분리해서 화살촉에 주입하는 과정은 어려울 것이 없었다. 폭발력을 고려해서 밀도를 증가시키는 과정에 시간이 좀 걸릴 뿐이었다.

물론 화살이 급소가 아닌 다른 부위에 박힐 가능성은 없었다. 의식을 나누어 염력을 발휘하면 화살의 숫자가 증가해도 조종할 수 있었기 때문이다.

"마법!"

마나가 실린 가온의 고함에 마법사들이 준비했던 마법을 일제히 날렸다. 대부분 화계 마법이었다.

꽝! 꽝! 꽝!

화르르!

미리 협의한 덕분에 혼울프들이 몰려 있던 중심부를 직격한 화계 마법들로 인해 강력한 폭발음과 함께 고열을 방출하는 거센 화염이 사방으로 퍼져나갔다.

화염에 휩싸인 놈들은 비명과 함께 바닥을 뒹굴며 발광을 했지만, 마나로 이루어진 화염은 놈을 새까맣게 태울 때까지 꺼지지 않고 오히려 놈의 몸과 닿은 다른 놈들에게 옮겨 가기까지 했다.

에딘의 전사들을 상대하기 위해서 한곳에 모여든 혼울프 무리의 한가운데를 직격한 화계 마법은 여덟 발에 불과했지만 한곳에 집중되어 위력이 한층 더 강화되었다.

몸에 불이 붙어 발광을 하면서 죽어 가는 놈들의 숫자가 즉사한 놈들의 열 배에 달했다.

가온이 혼울프 무리가 혼란에 빠진 상황을 놓치지 않고 화살을 날리기 시작했다.

퍽! 꽝!

화살이 단단한 뼈를 부수고 들어가는 파육음과 거의 동시에 폭발음이 발생했고 그 자리에는 머리통이 날아간 사체만이 남았다.

순식간에 달려오는 에딘의 전사들을 상대하려고 모였던 혼울프 중 100여 마리가 화계 마법과 가온의 화살에 죽어 버렸다. 그 바람에 놈들은 에딘의 전사들을 제대로 맞이할 준비를 갖추지 못했다.

우우우우!

강한 분노가 깃들어 있는 보스의 하울링이 울려 퍼지자 원진을 포위하고 있던 400여 마리의 혼울프 중 일부가 가온을 향해 달리기 시작했다. 거의 100여 마리나 되는 엄청난 숫자였다.

곧이어 또 다른 하울링이 울려 퍼지자 다른 300여 마리가 상행이 구성한 원진을 향해 내달리기 시작했다.

당연히 정신이 분산될 수밖에 없는 상황이지만 가온은 흔들리지 않았다.

'일단 내 쪽으로 달려오는 놈들부터!'

다른 방향은 마법사와 호위 전사 들을 믿고 맡겨야만 했다. 게다가 유독 강해 보이는 놈들이 대거 자신을 공격하기 위해서 달려오고 있으니 이쪽만 확실하게 처리해도 일행은 훨씬 안전해질 것이다.

가온이 쏜 화살은 자신을 향해 달려오는 혼울프들을 향해 빠르게 날아갔고 음 속성과 양 속성의 화기를 다루는 능력이 올라가는 만큼 화살이 날아가는 간격이 빠르게 줄어들기 시작했다.

다섯 발에 한 발씩은 염력으로 조종을 했다. 그 정도가 지금 수준에서는 알맞았다.

퍽! 꽝!

염력의 조종을 받은 화살은 마치 매직 미사일처럼 높낮이를 바꾸거나 좌우로 크게 움직여 화살을 회피하면서 혼울프 중 특별히 몸집이나 뿔이 큰 놈들의 머리에 박혔고 곧바로 머리통이 터져 나갔다.

아무리 보스의 명령이 절대적이고 투기가 강한 놈들이라고 해도 질릴 수밖에 없었다.

달려오는 속도가 떨어지긴 했지만 거리가 가까웠던 만큼 혼울프의 선두가 마침내 흙더미 가까이 도달했을 때는 이미 40이 넘는 혼울프가 머리를 잃고 쓰러진 상태였다.

그때는 이미 가온의 몸에 활과 화살은 보이지 않았다. 대신 신성한 오러를 뿜어내는 대검이 손에 쥐여 있었다.

"하앗!"

심혼을 얼어붙게 만드는 기합성과 함께 흙더미에서 뛰어 내리는 가온의 몸이 다시 새처럼 날았고 새하얀 대검이 춤을 추기 시작했다.

혼울프들은 어떻게든 가온의 움직임을 포착해서 날카로운 이빨이나 발톱을 몸에 박아 넣고 싶었지만, 신성력이 주입된 그의 대검은 놈들의 빈틈을 파고들어 심장을 찌르거나 목을 벤 후 빠르게 이동했다.

신성력의 영향으로 인해 혼울프는 대검과 가까워지는 순간 심혼에 강한 충격을 받아 몸이 굳고 자연스럽게 움직임이 느려졌기 때문에 대검을 쳐 내거나 궤적에서 피할 수 없었다.

보스라면 모르지만 실버급 전사에 해당하는 전투력을 가진 혼울프 정도로는 가온을 한순간도 막을 수 없었다.

어느새 A급이 된 점핑 앤 플라잉 스킬로 인해서 가온의 몸은 마치 새처럼 자유롭게 날아다니면서 혼울프를 그야말로 학살하고 있었다.

"정말 성결한 대검이 공중에서 춤을 추는 것같이 아름다운 모습이군!"

새까지는 아니지만 허공에서 몇 번이나 자연스럽게 동작을 바꾸어 가면서 새하얀 오러를 두른 대검을 휘둘러 혼울프를 학살하기 시작한 가온의 모습을 지켜보던 단은 자신도 모르게 그렇게 말했다.

가온의 움직임을 바람이라고 표현할 수 없는 이유가 있었다. 너무 가볍고 빠른 움직임도 그렇지만 워낙 몸집이 커서 틈이 거의 없어 보이는 혼울프들 사이를 마치 투과하듯 지나갔기 때문이다.

하지만 그 바람이 지나간 후 남겨진 것들은 그야말로 도살의 현장이라고 할 수 있었다. 바람이 지나간 궤적에 놓였던 혼울프들은 빠르게 목이 잘리거나 심장이 터져서 죽는 모습은 마치 트롤 앞에 놓인 고블린의 모습을 연상하게 만들었다.

가온을 향해 달려들던 놈들은 100여 마리나 되었지만 믿어지지 않을 정도로 빠르게 숫자가 줄어들고 있었다.

'저 정도라니. 혼자서 혼울프 1천 마리를 사냥한다고 해도 믿겠어.'

단뿐만이 아니라 많은 사람들이 비현실적인 가온의 모습에 넋을 놓고 구경을 하고 있었다.

그때 로테른의 명령이 사람들의 정신을 일깨웠다.

"온다! 준비해!"

가온의 활약을 멍한 얼굴로 쳐다보고 있던 단이 황급히 정신을 차리고 이제 원진과 50여 미터까지 접근한 혼울프 무리에 집중했다.

다른 사람들도 대부분 단과 비슷한 상황이었다.

혼울프가 30미터까지 접근하자 로테른이 발사 명령을 내렸다.

슈슈슈슛!

파파파팟!

거리도 가까웠고 혼울프의 몸집도 컸기 때문에 빗나가는 볼트는 거의 없었다. 물론 급소를 꿰뚫은 것들도 별로 없었지만 말이다.

역시 혼울프는 볼트가 몸에 박힌 상태에서도 투기를 잃지 않고 인간들을 향해 내달렸는데 속도가 그리 늦춰지지 않았다. 볼트 정도로는 놈들의 전투력을 크게 낮출 수 없었다.

"거창!"

사람들은 앞에 내려놓았던 창을 들어 자루 부분을 미리 비스듬한 각도로 파 둔 깊고 좁은 구덩이에 단단하게 고정시키고 뒤로 물러났다.

자루 끝부분이 거의 1미터나 땅속으로 깊이 들어간 상태였기에 굳이 손으로 잡아서 고정시키지 않아도 되었다.

창은 통짜 철로 만들어졌으며 길이는 무려 5미터에 달해서 지구에서도 오래전에 쓰였던 파이크와 비슷했다.

순식간에 원진 앞에서 다양한 각도로 땅에 고정된 창으로 이루어진 작은 숲이 생겼다. 갑자기 생겨난 창의 숲의 폭은 대략 10미터에 달해서 혼울프도 한 번의 도약으로 넘기 힘든 거리였다.

푹! 푹! 푹!

기세 좋게 달려오던 선두의 혼울프는 갑자기 솟아난 창의 숲에 기겁을 하며 도약했지만 단숨에 뛰어넘을 수 있는 개체는 거의 없었다.

거기에 창이 거치된 땅은 홀리피드진의 공간 안이기 때문에 순간적으로 심혼이 위축되었다.

그런 상태에서 갑자기 생겨난 날카로운 창 촉을 보자 몸이 굳어 버렸다. 그 바람에 도약력이 떨어지기도 했지만 10미터는 일부를 빼고는 넘을 수 없는 거리였다.

300여 마리에 달하는 혼울프 대부분이 창의 숲을 뛰어넘지 못하고 중간에 떨어지거나 앞발로 창대를 후려쳐서 간신히 창의 숲 중간에 안전하게 착지했다.

그러다 보니 놈들은 창의 숲 구간에 몰릴 수밖에 없었다.

그때 마법이 날아갔다. 거리가 가까운 만큼 원거리 마법이 아니라 파이어필드와 같은 범위 마법이었다.

창의 숲은 순간 화염의 숲으로 변해 버렸고 꺼지지 않는 마법의 화염은 마구 날뛰는 혼울프들의 몸을 연료로 옆으로 퍼져 나갔다.

물론 그래도 10여 마리는 단숨에 창의 숲을 넘거나 창에 꿰뚫린 동족의 몸을 박차고 창의 숲을 넘을 수 있었지만 그런 놈들을 기다리는 전사들이 있었다.

그들은 투창에 일가견이 있는 전사들이었다. 마차 위에 올라 서 있는 그들의 손에서 창이 날아가서 공중에 떠 있던 혼울프의 몸에 꽂혔다.

당연히 창에 꿰뚫린 혼울프는 날카로운 창이 빽빽하게 서 있는 창의 숲으로 떨어질 수밖에 없었다.

나머지 전사와 상행원 들은 장창이나 석궁으로 창에 꿰뚫린 놈들의 숨통을 끊었다.

제대로 급소에 창을 찌르거나 볼트를 쏠 수는 없었지만 몸에 꽂힌 창과 볼트의 숫자가 많으면 결국 죽을 수밖에 없었다.

창은 볼트와 다르다. 특히 5미터에 이르는 긴 창에 꿰뚫리는 순간 고통도 고통이지만 움직임은 둔해질 수밖에 없었다.

그런 상태에서 찔러 오는 창은 피할 수 있는 혼울프는 극소수였다.

그럴 능력을 가진 개체들은 놈들이 위험하다고 판단한 에딘의 전사 쪽이나 가온 쪽으로 많이 배치되었기 때문이다.

게다가 전사 중 야쿰바나 로테른과 같은 일부는 무기에 마나를 실을 수 있어 위험하게 날뛰는 놈들을 맡아서 숨통을 끊었기에 큰 위험은 없었다.

가온은 원진을 구성한 상행원들이 300여 마리의 혼울프를 상대로 확실한 승기를 잡았을 때 이미 자신을 향해 달려든 놈들을 완전히 도륙한 상태였다.

'우리 쪽은 걱정할 필요가 없겠네.'

몇 마리는 여전히 날뛰고 있었지만 야쿰바나 로테른과 같은 강자들이 맡아서 처리를 하고 있었다.

게다가 마법사들이 파 둔 구덩이 함정도 제 역할을 톡톡히 했다.

워낙 덩치가 큰 놈들이고 저돌적으로 달려오다가 구덩이에 발이 빠지면 순식간에 발목이 부러져 버렸다.

그런 놈들은 활에 능숙한 달리아트족 전사에게는 고정된 목표물이나 마찬가지였다.

아무리 가죽이 질기고 길고 밀생한 털을 가지고 있다고 하더라도 급소는 있었다. 바로 눈이었다. 발목이 부러진 상태에서 눈이 화살에 꿰뚫리면 전투력의 절반 이상을 잃는 것이다.

멀쩡한 놈들은 몰라도 그런 놈들은 마법사들의 마법에 무력했다. 넓게 퍼지는 화염의 파도에 휩쓸릴 수밖에 없었다.

이미 몇 번이나 마수와 몬스터를 상대하면서 합을 맞춘 마법사와 전사 들은 비슷한 숫자에 해당하는 혼울프를 무리 없이 상대할 수 있었다.

가온보다 약하긴 하지만 그들 역시 사선을 몇 번씩 넘은 역전의 용사들인 것이다.

그래서 에딘의 전사들 쪽으로 시선을 돌렸다.

'잘 싸우네. 그런데 보스가 날뛰고 있어 좀 위험해 보이

네.'

처음에는 거창한 상태로 기마를 돌진하는 방식으로 전과를 올렸던 에딘 측이었지만 난전 상황이 되자 열세로 몰리고 있었다.

황소 크기의 혼울프 보스와 그에 근접하는 네 마리는 골드급과 실버 상급으로 보이는 전사 다섯 명씩이 각기 1마리씩 맡아서 싸우고 있는데, 간신히 감당하고 있었다.

다른 전사들도 사정은 크게 다르지 않았다. 전사들은 워해머나 워액스 그리고 대검을 사용해서 혼울프를 상대하고 있는데 긴 털과 질긴 가죽 때문에 단숨에 숨통을 끊지 못하고 있었다.

'좀 도와야겠네.'

가온은 대검을 내려놓고 다시 아공간에서 활과 화살을 꺼낸 후 아레오가 만들어 준 흙더미 위로 뛰어올랐다.

이번에도 화살촉에 음과 양의 반대 속성을 가진 화기를 주입한 가온은 시위를 놓았다.

슈욱!

포물선을 그리며 100여 미터를 날아간 화살은 중심을 잃고 바닥에 쓰러진 에딘의 전사를 물어뜯으려는 혼울프의 뒷머리에 정확히 꽂혔다. 그리고 곧 강력한 폭발음과 함께 놈의 머리통이 산산조각 나서 사방으로 날아갔다.

"히끅!"

혼울프의 길고 날카로운 송곳니가 목에 박히려는 순간 눈을 질끈 감았던 에딘의 젊은 전사는 폭발음과 뜨거운 무언가가 얼굴을 덮는 감각에 눈을 부릅떴다. 그리고 머리통이 사라진 혼울프를 확인하고 경악했다.

'그럼 이건 혼울프의 피?'

무심코 얼굴을 덮은 뜨거운 액체를 손으로 만진 그 전사는 그것이 혼울프의 피라는 사실을 깨닫고 순간 멍했지만 이내 자신을 죽이려던 혼울프가 왜 죽었는지 이해할 수 있었다.

어딘가에서 날아온 화살이 혼울프의 머리통을 직격하는 순간 강한 폭발이 발생해서 놈의 머리통을 산산조각 내 버린 것이다.

'누구?'

방향을 보니 아까 전에 확인했던 큰 상행 쪽이었다.

'폭발을 일으키는 화살이 있던가?'

그런 말은 들어 본 적이 없었지만 빠르게 날아오는 화살들은 여지없이 혼울프의 머리를 직격했고 자신을 죽이려던 놈처럼 머리통이 사라졌다.

'명궁들이 한둘이 아닌 모양이네.'

날아오는 속도나 숫자로 보아 한 명이 쏘는 건 분명 아니었다.

어떤 상행이기에 이런 강자들이 호위를 하는지 정말 궁금했다. 직접 지켜봤는데 폭발을 일으키는 화살은 단 한 발도

빗나가지 않았기 때문이다.

그 전사가 멍하니 화살들이 만들어 내는 결과를 지켜보면서도 안전할 수 있었던 것은 그만큼 많은 화살이 그를 중심으로 범위를 넓혀 가면서 연달아 혼울프의 머리통을 날려 버리고 있었기 때문이었다.

'아!'

이러고 있을 때가 아니다. 힘이 남아 있으니 동료를 도와야만 했다.

폭발하는 화살을 날리는 가온 덕분에 에딘의 전사들을 상대하던 혼울프 무리는 혼란에 빠졌다. 화살 때문에 상대에게 집중할 수가 없는 탓이다.

그도 그럴 것이 가온이 날리는 화살은 여지없이 혼울프의 머리며 몸통에 깊이 꽂혔고 거의 동시에 강력한 폭발을 일으키며 몸을 산산조각 내 버렸다.

우우우우!

결국 보스가 반응을 보였다. 자신이 상대하던 에딘의 전사를 놔둔 채 가온을 향해 무서운 속도로 달려오기 시작한 것이다.

"하하하!"

기다리던 바였다.

마저 시위에 걸려 있던 화살을 날려 보낸 가온이 복합궁과 화살통을 아공간에 집어넣고 대신 대검을 꺼냈다.

가온을 향해 달려오는 거대한 몸집의 혼울프 보스의 머리에는 세 개나 되는 뿔이 있었는데, 전신으로 살기를 방출하고 있어서 마치 이야기꾼의 단골 소재인 마족을 연상하게 만들었다.

가온도 기다리지 않았다. 마주 달리기 시작한 것이다.

덕분에 둘 사이의 거리는 순식간에 가까워졌다.

"타앗!"

가온의 입에서 드물게 기합성이 터져 나오고 그의 몸이 도약하는 순간 멀쩡했던 대검에 순백색의 오러가 나타났다.

활짝 벌린 입으로 가온의 머리를 삼켜 버릴 기세로 마주 도약한 혼울프의 동공이 세차게 흔들렸다. 대검이 가까워지는 순간 밀도 높은 신성력에 심혼이 강한 충격을 받은 것이다.

충격은 그게 전부가 아니었다.

"속박!"

나지막한 시동어와 함께 메모라이징해 둔 마법이 발동하자 공중을 날아오르는 그 자세로 몸이 굳어 버렸다.

순간적으로 강한 위협을 느낀 혼울프 보스는 필사적으로 몸과 영혼을 옥죄는 모종의 힘을 풀어 버렸지만 그때는 이미 늦었다.

여전히 심혼을 강하게 압박하는 순백색의 오러가 놈의 머리를 향해 떨어지고 있었다.

싸악!

고위급 마수 특유의 생체보호막과 단단한 두개골에도 불구하고 놈의 머리통은 몸통의 절반과 함께 두 쪽이 나 버렸고, 그 상태로 바닥으로 떨어졌다. 대검을 휘두른 가온의 몸은 어느새 허공을 박차고 더 높이 도약한 상태였다.

가온이 바닥에 착지했을 때는 이미 혼울프 보스의 숨통은 끊어져 있었다. 머리는 물론이고 몸통 절반이 두 쪽이 나고도 무사할 수는 없었기 때문이다.

혼울프 보스의 입장에서는 너무나 허무한 최후였지만 가온의 경지를 제대로 파악하지 못했고 신성력의 위력을 무시했던 당연한 결과였다.

그러자 혼울프 쪽에서 암컷으로 추정되는 4마리가 상대를 그대로 두고 가온 쪽으로 달려오기 시작했다.

가온은 놈들이 도착하기를 기다리기도 싫었고 4마리를 상대로 대검을 휘두르고 싶지도 않았다.

"반월참!"

신성력으로 이루어진 새하얀 반달 형태의 검기가 연달아 날아갔다.

그것으로 혼울프 암컷 4마리의 운명이 결정되었다.

무리의 지배자이며 배우자를 잃은 분노와 슬픔에 함몰되어 무작정 가온을 향해 내달리던 암컷들은 미처 반응할 시간도 없이 순식간에 쇄도하는 반월 형태의 검기를 피하지 못했다.

써걱! 써걱! 써걱! 써걱!

미세한 파육음과 함께 암컷들의 머리와 몸통이 횡으로 잘리며 푸른 피가 비산했다. 보스와 마찬가지로 비명조차 지르지 못하고 절명한 것이다.

그것으로 혼울프의 공격은 끝이 났다.

혼울프들은 보지 않아도 보스의 죽음을 알아차렸다. 그리고 마수답지 않게 꼬리를 말더니 사방으로 도망치기 시작했다.

물론 인간들은 혼울프들이 도망치는 것을 그냥 두고 보지 않았지만 도망치기로 작정한 놈들을 모두 처리할 수는 없었다.

에딘에서의 즐거운 한때

쏴아아아!

파워드레인 스킬을 발동한 상태에서 방금 전까지 전장이었던 곳을 천천히 걷는 가온의 몸 안으로 혼울프 사체가 방출하는 마나가 마치 해일처럼 쏟아져 들어왔다.

'어마어마하네.'

혼울프는 마운틴트롤에 비하면 적지만 오크에 비하면 훨씬 더 많은 마나를 방출하고 있었는데 숫자가 워낙 많다 보니 그 양이 엄청났다.

레벨도 하나가 더 올랐다. 마운틴트롤보다 약한 마수이기는 하지만 그가 해치운 숫자가 워낙 많은 것이다.

그렇게 혼울프들로부터 마나를 흡수한 가온이 막 원진에

도착하자 아레오와 아나샤가 날듯이 달려와 그의 품에 안겼다.

"온 랑, 괜찮은 거죠?"

"온 랑, 다친 데는 없어요?"

가온은 대답 대신 두 여인을 강하게 안아 주었다.

"역시 오늘도 온 님 덕분에 위기에서 벗어났습니다. 감사합니다."

얼마 후 도착해서 감사의 마음을 전한 사람은 단이었다.

"피해는 얼마나 되오?"

"셋이 죽었고 마흔넷이 다쳤습니다."

"저런!"

가온은 자신과 크게 관계가 없더라도 동행할 동안에는 아무런 피해가 없기를 바랐는데 셋이나 죽었다고 하자 마음이 아팠다.

"그나마 온 님 덕분에 1천여 마리나 되는 혼울프를 상대로 이런 대승을 거둔 겁니다."

이번에는 로테른이었다.

"맞습니다. 마부 세 명이 죽은 것은 안타까운 일이지만 온 님께서 우리 대부분을 살리신 겁니다."

그렇게 말하면서 다가오는 야쿰바의 눈에는 고마워하는 감정이 짙게 담겨 있었다.

그들의 뒤쪽으로 다시 마차에 말들을 연결하는 사람들이

보였다.

그때 흙먼지 구름을 일으키며 다가오는 무리가 있었다. 에딘의 전사들이었다.

가장 선두에서 말을 타고 달려오는 전사는 찌그러진 투구와 군데군데 부서지고 뜯긴 체인메일을 걸치고 있었는데, 수염 때문에 나이를 짐작하기 어려웠지만 맑고 강렬한 눈빛으로 보아 꽤 젊어 보였다.

"워워!"

가온 일행과 좀 떨어진 곳에서 말을 멈춘 전사는 말에서 뛰어내리더니 빠른 걸음으로 다가왔다.

"에딘의 수호전사장인 테호른이라고 합니다!"

그의 시선은 가온에게 고정되어 있었지만 가온은 아레오와 아나샤를 여전히 안고 있을 뿐 앞으로 나서지 않았다. 자신이 이 상행의 리더라는 사실을 자각하지 못하는 것이다.

가온의 시선을 받은 단이 내심 쓴웃음을 지으며 앞으로 나섰다.

"에딘의 수호전사장을 만나게 되어 영광입니다. 알레랑에서 출발해서 바라크로 가는 상행을 이끄는 단이라고 합니다. 저분은 우리 상행을 지켜 주시기로 한 온 님이십니다."

단은 자신을 소개하면서도 가온을 소개하는 것을 잊지 않았다.

감사하는 마음은 물론 경외심까지 담겨 있는 테호른의 따가운 눈빛을 의식한 것이다.

"에딘에 잘 오셨습니다. 이곳부터는 우리 수호전사대가 안내하겠습니다."

"호의에 감사드립니다. 그런데 에딘은 상당히 안전하다고 알고 있었는데, 성과 지근거리에 1천 마리에 가까운 혼울프가 나타나다니 무슨 일이 있는 겁니까?"

단이 약간의 불만을 담아서 물었다. 본래 도시나 성의 안팎이 안전해야 그와 같은 상인들이 안심하고 거래를 할 수 있었다.

그 역시 이곳에서 곡물을 대량으로 구입할 예정이었는데, 도시 지척에서 큰 피해를 볼 뻔했으니 화가 날 수밖에 없었다.

"미안합니다. 수확철이라서 그런지 사방에서 마수와 몬스터 들이 몰려들고 있습니다. 그 과정에서 에딘을 찾는 상행이 피해를 보는 경우가 종종 있어서 처리하는 데 애를 먹고 있습니다."

테호른은 순순히 상황을 인정했다.

"그래도 이번 혼울프의 규모가 가장 컸습니다. 온 님이 아니었다면 우리 수호전사단도 큰 피해를 입었을 겁니다. 숫자도 그렇지만 보스가 골드 상급일 줄은 전혀 예상하지 못했습니다. 도와주셔서 정말 감사합니다. 덕분에 많은 수호전사들이 살았습니다."

테호른이 진심을 담아서 가온을 향해 허리를 숙였다.

가온은 진심을 내보인 그의 태도에 고개를 끄덕이고 아레오와 아나샤를 안은 팔에서 힘을 풀었다.

"그 마음을 받아들이기는 하겠지만 에딘의 전사들은 우리가 아니었어도 큰 피해를 보지는 않았을 거라고 확신하오."

그냥 하는 말이 아니다. 테호른도 그렇지만 그의 뒤에 정렬한 수호전사들의 기세나 태도로 보건대 말만 전사지 상당한 정예로 보였다.

당장 테호른만 해도 골드급 전사인 야쿰바에 못지않았고 그와 비견되는 실력자들도 열 명이 넘기 때문에 혼울프를 압도할 정도는 아니지만 꽤 비등한 전투가 되었을 것이다. 물론 상당한 피해를 입는 것은 당연했지만.

아무튼 가온이 그렇게 나오자 수호전사들의 분위기도 급격히 풀렸다. 가온 정도의 강자가 수호전사단의 전투력을 인정했다고 받아들인 것이다.

얼마 후 말을 마차에 연결하는 작업이 끝나자 상행은 수호전사들의 보호를 받으며 에딘성에 입성할 수 있었다.

에딘에 입성한 단은 쉴 여유도 없이 휘하 상인들과 함께 부지런히 움직였다. 알레앙에서 준비한 것은 육류와 무기 그리고 생필품 종류이기 때문에 이곳에서 곡물을 구해야만 했다.

덕분에 전사들은 반나절 이상의 여유를 얻었다.

가온과 아레오 그리고 아나샤는 방 두 개짜리 별채를 숙소로 배정받았다.

호위 전사만 300여 명이라 분산해서 숙박을 해야 하는 상황에서도 특별대우를 해 준 것이다.

짐이랄 건 따로 없었기 때문에 별채로 향했지만 씻는 것을 빼고는 딱히 할 일은 없었다.

"시장 구경이라도 갈까요?"

아레오가 심심했는지 외출을 권했다.

"살 게 있을지 모르겠네."

이전에 들렀던 도시들은 딱히 구입하고 싶은 물건이 없었다.

"그래도 한번 가 봐요. 에딘 특산의 과일은 맛이 좋기로 유명해요."

"에딘이라면 품질 좋은 차도 유명하죠."

"차?"

과일이야 생과일은 물론 건과까지 아공간에 가득하니 별 관심이 안 가지만 차는 달랐다. 탄 차원은 차가 무척 귀한 곳이라서 별로 즐기지 못했었다.

"혹시 커피도 있을까?"

"커피요? 그게 뭐죠?"

"붉은 열매를 잘 말려서 가루로 만들어 끓이면 검은 물이 나오는 차야."

"들어 본 거 같은데……."

아레오가 고개를 갸웃하는데 아나샤가 박수를 쳤다.

"엑시타티오!"

아나샤가 뭔가 아는 것 같다.

"저 남쪽의 산지에서 재배되는 검은 차를 말하는 거 맞죠? 맛은 쓰지만 집중력을 올려 주고 잠을 쫓는."

이 세상에는 탄 차원과 달리 커피가 있었다. 설명하는 내용을 들어 보니 커피가 맞았다.

"맞아. 원래 이름이 엑시타티오였군."

"엑시타티오라면 일조량이 많고 기온 변화가 심한 곳에서 잘 자라니 이곳에도 있을 거예요. 잎을 이용하는 차가 아니라 열매를 이용하는 거라서 가공하기 쉽다고 들었어요."

덕분에 숙소에서 쉬려던 가온도 밖으로 나왔다.

중앙 광장을 중심으로 일곱 개의 길고 넓은 골목으로 이루어진 시장은 사람이 굉장히 많았다.

큰 도시인 만큼 판매되는 물품은 다양했지만 가장 많이 거래가 되는 건 역시 밀과 호밀 그리고 보리였다.

첫 번째 골목과 두 번째 골목은 곡물을 취급하는 가게들이 줄지어 늘어서 있었는데, 단과 같은 대상인들도 많이 드나들기 때문에 상점 뒷골목은 곡물 자루를 마차에 싣는 인부의 땀 냄새로 가득했다.

세 번째 골목은 곡물 다음으로 많이 거래되는 과일을 취급하는 가게들로 빼곡했다. 다양한 종류의 과일을 햇볕에 잘 건조시켜 빛깔은 물론 향까지 잡은 건과들이 도매로 팔리고 있었다.

건과와 마찬가지로 생과일도 많이 팔리고 있었는데 장기 보관 기술이 발달하지 않아서 그런지 주로 소매로 거래되고 있었다.

네 번째 골목은 육류를 팔고 있었는데 가축을 많이 기른다고 하더니 거래가 아주 활발했다. 도축한 상태로 잘라서 파는 고기는 물론 여행자들이 많이 찾는 육포도 품질이 꽤 높았다.

다섯 번째 골목은 약재상들이 늘어서 있었다. 마법이 많이 발달하지 못했고 신전도 세가 약한 세상이라서 그런지 치료사들이 전문적인 치료를 담당하고 있기에 약재 시장의 규모도 상당히 컸다.

여섯 번째 골목은 의류와 그 재료인 실과 천을 파는 가게들이 모여 있었다. 면직류도 보였지만 양을 많이 기르는지 모직류가 많았고 모피 종류도 굉장히 다양해서 찾는 이들이 아주 많았다.

마지막 골목에서 판매하는 상품은 차였다. 판매하는 차는 주로 녹차로 보였는데, 기호식물이기도 하지만 가격이 높아서 파는 상점도 적었지만 드나드는 사람들의 옷차림도 꽤 화려했다. 분명 고가로 팔리는 것이리라.

수소문까지 해 봤지만 아나샤가 말한 엑시타티오는 찾지 못했다. 생육조건은 맞지만, 지금은 뤼나윌의 영역이 되어 버린 남쪽의 고산지대에서 주로 생산되고 즐기는 이도 많지 않아서 이곳의 차 상점들도 재고를 보유하고 있지 않았다.

차를 취급하는 가게는 많지가 않아서 차 골목의 절반은 장신구 상점들이 양쪽으로 늘어서 있었는데, 당연하게도 통행하는 이들은 대부분 여성들이었다.

이 골목에 들어서자 아레오는 물론이고 아나샤까지 눈이 초롱초롱해졌다.

'마법사와 사제라고 해도 여자는 여자네.'

어떤 세상이건 여인에게는 자신을 아름답게 꾸미고자 하는 욕망이 있으며 사랑을 하는 여성일수록 그런 경향이 강했다.

그러고 보니 두 사람은 장신구를 착용하지 않았다. 아나샤가 성물로 짐작되는 벼락을 형상화한 펜던트를 건 목걸이를 차고 있을 뿐이었다.

가온은 잘됐다는 생각이 들었다. 어떤 이유로건 자신과 깊은 관계를 맺었고 사랑하게 된 두 여인에게 의미가 있는 선물을 할 기회였다.

상점마다 금과 은 그리고 다양한 보석으로 가공한 반지, 팔찌, 목걸이, 귀걸이 등을 전시해 놓고 팔고 있는데 가장 인기가 높은 건 백금이었다.

그런데 백금이라도 통역은 되지만 지구의 그것과는 좀 달랐다. 미스릴처럼 마나 전도율이 높고 건강에 좋은 파동을 방출하는 금속으로 금에 비해 서너 배는 더 비쌌다.

"하나씩 사 줄게. 골라 봐."

"아니에요! 보석은 욕념을 일으키는 근원이라 사양할게요."

"저도 온 랑의 마음만 받을게요. 사제와 장신구는 어울리지 않아요."

두 사람은 얼굴에는 솔깃한 표정이 떠올라 있었지만 강하게 사양했다. 그렇게 거절을 하면서도 구경하는 눈빛이나 이동하는 속도에 변화가 없는 것을 보면 두 사람의 마음을 충분히 짐작할 수 있었다.

가온은 두 사람이 유심히 보는 디자인의 장신구들을 기억해 두고 화장실을 핑계로 잠시 자리를 벗어났다.

가온이 먼저 향한 곳은 아까 들렀던 건과 골목이었다.

'혹시 모르니까.'

건과를 구입하려는 건 아니고 다양한 야채를 말리거나 가루 상태로 판매하는 건야채를 좀 사려는 것이다.

가온은 상인이 놀랄 정도로 다양한 종류의 건야채를 엄청 나게 사들였다. 무려 열 곳에서 말이다.

본래 물가는 알 수 없지만 돈은 충분히 있었기에 사는 김에 건과까지 충분히 샀다.

그렇게 잠시 시간을 보낸 후 보석 골목으로 돌아오니 아레오와 아나샤의 모습이 골목 끝 쪽에 있었다.

처음에야 구경하는 데 시간이 많이 걸렸지만 비슷비슷한 디자인이 워낙 많다 보니 시간이 줄어든 것이다.

가온은 서둘러 아레오와 아나샤가 눈여겨보던 장신구들을 사기 시작했다.

'아예 종류별로 사자.'

백금부터 시작해서 금과 은 그리고 사파이어까지 세트로 구입을 해 버렸다.

보석이었던 만큼 이전에 쓴 돈까지 합쳐서 순식간에 100금을 지출했지만 전혀 아깝지 않았다.

'아!'

생각해 보니 아레오와 아나샤는 옷도 거의 없었다. 찾아보니 속옷처럼 입을 수 있는 고급스러운 디자인이 신축성이 있는 면 소재의 내의들도 있었는데 말이다.

가온은 서둘러 생필품 골목으로 달려가서 두 사람이 입을 속옷과 겉옷 등을 나름 골라서 사들였다.

'너무 많이 샀나?'

그런 생각이 들 정도로 엄청나게 구입해 버렸다. 옷의 경우 두 사람이 어떤 것을 선호하는지 알 수 없었기 때문에 가격이 비싼 것에 기준을 두고 다양하게 산 것이다.

그렇게 옷까지 구입한 후 다시 보석 골목으로 가니 아레오와 아나샤가 이미 골목을 나와 과일 주스를 마시며 그를 기다리고 있었다.

"여기요. 아직 해가 완전히 지지도 않았는데 기온이 떨어지기 시작하네요."

아레오가 들고 있던 주스 잔을 내밀며 가온을 반겼다.

"확실히 알레랑보다 해발고도가 더 높은 곳이라서 그런지 아주 선선해. 밤이 되면 좀 추울 것 같네."

일전에 가온이 몸에 걸쳐 준 외투형 방어구를 지금도 입고 있는 아나샤가 아레오의 말을 받았다.

"바라크가 알레랑보다 남쪽이긴 하지만 해발고도는 더 높다고 했던가?"

"네, 온 랑. 꽤 춥다고 들었어요. 눈도 일찍 내리고요."

"그보다는 남은 일정이 걱정이네. 무너진 가도 구간이 꽤 많다고 들었는데."

그런 얘기가 있긴 했다. 갑자기 급증한 마수와 몬스터로 인해서 가도의 유지 보수 작업을 못 하는 상황에서 오우거와 같은 대형 몬스터들이 출현하는 바람에 바라크로 통하는 가도 곳곳이 무너지고 파괴되었다는 소식 말이다.

"그래도 이제부터는 해발고도가 높은 산길을 이용한다니까 숫자만 많지 귀찮은 마수나 몬스터 들은 크게 걱정할 필요가 없겠지."

사실 울프나 베어와 같은 맹수나 변종 마수 그리고 고블린이나 놀 그리고 코볼트와 같은 몬스터는 사냥을 해도 얻을 것이 거의 없는 반면, 방심하면 사상자가 나올 수 있기 때문에 아주 귀찮은 존재였다.

거기에 놈들은 밤에도 몰래 기습을 하는 습성을 가지고 있어서 밤에도 많은 전사가 불침번을 서야 했기에 아주 골치가 아팠다.

"대신 마운틴트롤이나 오우거 같은 대형 몬스터가 출몰하니 더 위험할 거예요."

"차라리 그런 놈들이 나아. 우리 셋이서 사냥해 버리면 되니까."

"<u>호호호</u>. 그렇긴 하네요. 챙길 수 있는 게 많아서 좋기도 하고요."

사실 마운틴트롤 여섯 마리만 해도 거의 300금에 가까운 수익을 챙길 수 있었다. 가죽과 뼈, 손톱, 발톱, 힘줄 등 거의 모든 부위가 고급 방어구나 무기의 재료였다.

"이곳에서 팔면 안 될까?"

아나샤도 가온이 마운틴트롤 여섯 마리를 통째로 아공간 주머니 안에 챙기는 것을 보았다.

"이곳에는 장인들이 별로 없어서 제 가격을 못 받아요. 전사 도시라는 이름으로 유명한 바라크 정도는 되어야 제값을 받을 수 있다고요."

"그렇구나."

"아나샤, 돈이 필요하면 말해."

가온은 아나샤의 눈에 떠올랐다가 순식간에 사라진 아쉬움의 감정을 읽을 수 있었다.

"아니에요. 그냥 가다가 다른 놈들을 더 사냥할 수도 있으니 공간을 좀 비워 놓으면 어떨까 하는 생각을 했어요."

"그런 거라면 걱정하지 말아요, 언니. 온 랑의 아공간 주머니는 언니가 생각하는 것보다 용량이 몇 배는 크니까요."

가온은 정말이냐고 묻는 것 같은 아나샤의 눈빛에 고개를 끄덕여 주었다.

"자, 이제 돌아가서 좀 쉬자고."

어느새 해가 지고 있었다.

저녁 식사는 훌륭했다. 풍요로운 곳이라서 그런지 음식 종류도 다양했거니와 적당한 향신료를 사용했기에 맛이나 향도 만족스러웠다.

"내일은 갈 길이 멀어서 일찍 출발할 예정이니 모두 일찍 잠자리에 드시오."

단의 말에 식당을 빼곡하게 채운 전사들은 고개를 끄덕였다.

"어차피 마실 술도 없어서 일찍 잘 수밖에 없다오."

누군가의 말에 다들 씁쓸한 미소를 지었다. 다른 곳에 비해 풍요로운 이곳에도 술은 엄청난 고가였다.

식량을 무기로 사용하는 에딘 영주가 주조 행위 자체를 금지했기 때문이다.

물론 그럼에도 불구하고 당당히 술을 마실 수 있는 사람들이 있었다. 바로 가온 일행이었다.

"좋은 치즈라고 하더라고요."

단이 아레오에게 특별히 건네준 치즈였다. 요즘에는 치즈조차 부족해서 가격이 천정부지로 올라간 상황이다.

"거기에 내가 챙긴 달콤한 과일을 추가한다면 좋은 안주라고 할 수 있지요. 와인만 있으면 딱인데……."

첫 기억이 신전일 정도로 아주 어릴 때부터 사제의 길을 걸어온 아나샤에게 유일하게 허락되었던 술이 바로 와인이다. 지금은 너무 비싸서 생사의 신전 성녀인 그녀조차 한동안 마시지 못했던.

"언니, 지금 세상에 이렇게 쉽게 맥주를 마실 수 있는 건 우리밖에 없다고요."

"나도 알아. 그런데 와인이 당기는 걸 어쩌니? 그게 내가 살아오면서 유일하게 즐길 수 있는 사치품이었는걸."

"하긴. 그나저나 레비야는 어떻게 되었어요?"

아레오가 자연스럽게 그동안 궁금해하던 이야기를 꺼냈다.

"으음. 레비야에게는 미안한 일인지 알 수 없지만, 우트님이 나 역시 온 님의 화신자로 점지했다고."

"미안한 일인지 알 수 없다고요?"

아레오는 아나샤의 말에서 숨어 있는 어떤 것을 느낀 것 같았다.

"아레오가 레비야와 친했다고 하더라도 화신자에 대한 건 잘 모를 거야. 성녀에게만 내려오는 내용이 좀 있거든."

"그게 뭔데요?"

아공간에서 술을 꺼내려던 가온도 동작을 멈추었다.

"화신자라는 존재는 우트님의 힘을 현신자에게 전해 주는 매개물에 불과해. 만약 과도한 힘이 전달될 경우에는 영혼은 물론 육체가 붕괴할 가능성이 아주 높지. 현신자의 능력이 뛰어나면 뛰어날수록 그럴 확률이 높아져."

그 얘기는 화신자가 신력을 받아들여서 현신자에게 전해 주는 과정에서 죽을 수도 있다는 의미였다.

"설마 그런 경우가 이전에도 있었던 거예요?"

"최근 200년 안쪽으로 그런 경우가 세 번 일어났어. 그럴 경우 현신자 역시 무사하지 못했고."

그 정도로 우트의 신력(神力)은 인간의 몸과 영혼으로 받아들이고 사용하기 힘든 힘이었다.

"온 랑의 능력을 생각하면 성력이 높지 않은 레비야는 틀림없이 위험했을 거라고 생각해. 나도 의식을 치르며 죽을 뻔했으니까. 그런 부분을 레비야에게 사실대로 말했어."

"……그럼 언니가 레비야를 살린 거네?"

그렇게 묻는 아레오의 얼굴에는 미안한 감정이 떠올랐다. 내색은 안 했지만 동행 초기에는 레비야와의 의리 때문에 아나샤에게 마음이 완전히 열지 못했던 것이다.

"아마도? 그렇지만 현신자와 화신자를 떠나서 온 랑과 같은 멋진 남자의 여인이 되어서 너무 행복하기 때문에 미안한 마음은 있어."

아나샤의 말에 아레오는 묵묵히 고개를 끄덕였는데 뭔가 털어 버린 듯 시원해 보이는 얼굴이었다.

"하하하. 당사자를 앞에 두고 그런 이야기를 하다니 아나샤도 나처럼 세상 물정을 잘 모르는 거 아니야?"

"세상 경험은 오래전에 채 1년도 안 되는 수련 여행을 한 것이 전부이니 온 랑의 말이 맞을 거예요. 그럼 우리 중 그나마 세상 물정을 제대로 아는 건 아레오밖에 없네요."

"그러게. 그래서 앞으로도 우리 둘이 아레오에게 많이 의지해야 해. 물론 아나샤도 내 힘의 근원이니 부탁하고. 지금의 나는 두 사람이 곁에 있어야 완전해지니까."

"의지는 무슨, 별것도 아닌데요."

아레오는 그렇게 말하면서도 기분은 좋은지 눈빛이 반짝

거렸다.

"그래도 그냥 이렇게 어려운 부탁을 하는 건 아닌 것 같아서 두 사람에게 선물을 하려고."

"선물요?"

"무슨?"

가온은 선물이라는 말에 눈이 커진 아레오와 아나샤에게 깔끔하게 포장된 작은 상자 하나씩을 건네주었다.

두 사람은 기대와 설렘이 가득한 얼굴로 상자를 부리나케 풀었다.

"어멋!"

"이건?"

두 사람이 눈여겨보던 백금 장신구 세트가 상자 안에서 존재감을 과시했다.

"온 랑!"

"고마워요!"

두 사람은 상자를 그냥 둔 상태로 가온의 품으로 뛰어들었다.

"내 여인이 되었다는 징표야. 잘 간직해 줄 거지?"

가온의 말에 두 사람은 촉촉하게 젖은 눈으로 연신 고개를 끄덕였다.

"착용해 보지 않을 거야?"

"이런 건 남자가 직접 해 주는 거라고요."

"그런 거였어? 몰랐네. 역시 아레오가 내 곁에 있어야 해."

"나는요?"

가온이 아레오를 칭찬하니 아나샤가 짐짓 삐친 체를 하며 물었다.

"물론 아나샤도 내 곁에 있어야 내가 제대로 힘을 쓸 수 있지."

"호호호. 세상 물정을 잘 모른다더니 말은 잘하는데요."

아레오와 아나샤는 가온이 직접 끼워 주고 걸어 준 반지와 팔찌 그리고 목걸이와 귀걸이를 착용하고 거울에서 얼굴을 떼지 못했다.

"그렇게 좋아?"

"이런 선물은 처음 받아 봐요. 사 본 적도 없고요."

"저도 그래요. 생사의 신전 사제라고 하면 아무리 노출이 심한 복장을 하고 있어도 여자로 봐 주질 않거든요. 물론 저는 일찍 성녀가 되어 그렇게 해 본 적도 없었어요. 그리고 성녀라고 해서 따로 보수가 나오는 것이 아니라서 이렇게 귀하고 비싼 장신구를 살 돈도 개인적으로 가져 본 적도 없고요."

"게다가 선물의 의미가 너무 마음에 들어요."

"호호호. 나도 그래."

아레오와 아나샤는 자신이 가온의 여인이 되었다는 징표라는 말에 큰 의미를 부여한 듯 무척 행복한 얼굴이었다.

"우리도 당신에게 줄 것이 있어요!"

"뭔데?"

아레오가 품속에서 주섬주섬 꺼낸 것은 공교롭게도 둘에게 선물한 백금 목걸이와 반지였는데, 디자인은 비슷했지만 남자용인지 굵고 컸다.

"우리의 남자가 되었다는 징표예요!"

"하하하! 정말 의미 있는 선물이네. 고마워!"

"이렇게 서로 마음이 통할 수 있다니 정말 신기해!"

가온이 자리를 비운 사이에 두 사람이 돈을 모아서 산 모양인데 참으로 공교롭기도 하지만 신기했다. 마치 이렇게 이어진 것이 하늘의 뜻인 것 같았다.

아무래도 장신구 가게에서 이 백금 장신구 세트를 그렇게 오래 그리고 유심히 관찰했던 건 자신들을 위해서가 아니라 가온을 위해 사려고 그랬던 모양이다.

"신기한 것이 남자용은 가격이 거의 두 배라는 거야."

아나샤의 말을 듣고 보니 서로의 선물은 공교롭게도 비슷한 가치를 가지고 있었다.

그런 점까지 세 사람을 하나로 묶어 주었다.

"그래도 내 쪽이 조금 더 나갈걸."

"비슷하다니까요. 제가 물어봤어요."

"그게 아니고."

가온은 아공간 주머니에서 다른 선물을 더 꺼냈다. 다양한 종류의 속옷과 평상복 그리고 외출복 들이었다.

"뭘 좋아하는지 몰라서 다 사 버렸어."

"우와아!"

"어멋!"

옷에는 별 관심이 없어 보였던 두 사람이 탄성과 함께 함박웃음을 지었다. 그리고 두 사람은 연신 옷을 갈아입느라고 단이 마련해 준 안주조차 잊어버리고 말았다.

다시 술자리가 만들어진 것은 밤이 깊어진 후였다.

"대체 뭘 이렇게 많이 샀어요?"

아나샤가 오랜만에 맡는 와인 향을 즐기고 있을 때 아레오가 물었다.

"두 사람이 어떤 것을 좋아하는지 알 수 없어서."

"그래도 이건 사치예요. 언니나 저나 사치스러운 성격은 아니라고요."

"사치는 무슨. 두 사람은 이런 선물을 받을 자격이 충분해. 그리고 돈이라는 건 있으면 써야 돈이 제대로 돌아가는 거라고."

"헤헷! 좋기도 하지만 부담스러워서 그렇죠. 사실 이렇게 많은 옷을 가져 본 적이 없거든요."

"나도! 사실 이렇게 예쁘고 질감이 좋은 속옷은 처음 입어 봐."

와인 잔에 코를 대고 있던 아나샤였지만 두 사람이 하는 소리는 들었는지 그렇게 말했다.

"이 정도는 언제라도 해 줄 수 있어."

"알아요. 그래도 너무 많아요. 부피가 큰 옷도 그렇지만 비싼 장신구까지 생기는 바람에 행동하는 데 신경이 많이 쓰일 것 같고."

단벌은 아니지만 배낭 하나도 가득 차지 않을 정도만 가지고 다녔던 아레오의 입장에서는 걱정될 만도 했다.

"그래서 선물 하나를 더 주려고."

"뭔데요?"

선물이라는 말에 아나샤도 와인 잔을 내려놓고 가온을 주시했다.

"아, 아공간 주머니!"

여분의 아공간 주머니가 몇 개 더 있었지만 가온은 생각한 것이 있어서 하나만 내놓았다.

"마차 세 대 분에 해당하는 용량이니 공간은 넉넉할 거야."

"……."

"온 랑은 대체 어떤 사람이에요?"

마법사이기에 아공간 주머니의 가치를 너무 잘 아는 아레오는 너무 놀라 말을 잊었고, 아나샤는 이렇게 귀한 물건을 척척 내놓은 가온의 정체가 너무 궁금한 모양이다.

"나? 아레오와 아나샤의 남자. 신분이나 추억과 같은 기억은 던전에서 다 잊어버리고 지금 내게 남은 건 당신 둘이 전부인데 그 어떤 것보다 중요해."

"온 랑!"

"온 랑!"

가온의 말에 감동한 두 여인이 그의 품으로 다시 뛰어들었다.

두 여인은 이제는 더 이상 상대를 의식하지 않고 경쟁적으로 그의 입술에 자신의 입술을 붙였고 자연스럽게 뜨거운 열풍이 불기 시작했다.

에딘의 의뢰

다음 날 새벽.

이제 막 미명이 어둠을 몰아내고 있을 때 연합 상단의 상행이 묵고 있는 여관은 아침처럼 활기가 흘렀다.

더 일찍 일어나 간단하게 식사를 마친 마부들은 마구간에서 말을 끌어내어 마차에 연결을 하느라 정신이 없었고 전사들은 이른 식사를 하고 있었다.

가도를 지날 예정이지만 다음 도시까지 거리가 먼 관계로 서둘러야 노숙을 하지 않을 수 있다는 사실을 다들 알고 있기에 이른 새벽부터 움직이는 것에 아무런 불평도 나오지 않았다.

그때 여관 식당 문을 열고 들어오는 일단의 사람들이 있었다. 에딘 특유의 방어구를 갖춰 입은 전사들이었다.

마침 식사를 마친 단이 앞장선 사람을 알아보았다.

"에딘의 수석 전사께서 이 시간에 웬일이십니까?"

어제 성밖에서 만났던 테호른이었다.

"온 님을 만나려고 합니다."

"무슨 일로?"

"상행에도 좋고 에딘에도 도움이 되는 일을 의뢰하고 싶습니다."

"음. 알겠습니다. 지금 별채에 계시니 함께 가도록 하지요."

단은 노회한 상인답게 테호른이 용건을 가온이 있는 자리에서 꺼낼 거란 사실을 짐작하고 안내를 자청했다.

가온 일행은 어제 미리 아침 식사를 하지 않겠다고 말했었다.

단이 로테른의 호위를 받으며 테호른 일행과 별채 안으로 들어가자 이미 세안을 마치고 느긋하게 차를 마시는 세 사람이 보였다.

'온 님도 온 님이지만 마법사와 사제도 대단한 미인들이야.'

얼굴까지 가린 로브나 외투형 방어구를 입은 모습만 보다가 이렇게 평상복을 입고 있는 모습을 보니 아레오와 아나샤가 얼마나 미인인지 새삼 깨달았다.

아무튼 눈에 확 띄는 미인 두 명과 마주 앉아서 평온한 얼굴로 차를 즐기는 가온의 모습은 같은 남자 입장에서도 무척이나 보기 좋은 그림이었다.

"온 님!"

"상단주가 이 시간에 웬일이오?"

"손님이 찾아왔습니다."

단이 용건을 밝히자 뒤에 있던 테호른이 앞으로 나와 인사를 했다.

"온 님께 부탁을 드리려고 실례를 무릅쓰고 이 시간에 찾아왔습니다."

"그렇군요. 아나샤, 차를 더 준비해 줘."

"알겠어요."

아나샤가 뒤편으로 빠지고 아레오는 옆으로 자리를 옮기자 가온은 단과 테호른을 그 자리로 안내했다.

"오늘 상행이 출발한다는 사실은 알고 있을 테고, 어떤 부탁이오?"

굳이 시간을 끌 필요가 없어 바로 본론을 꺼냈다.

"빈트시로 향하는 가도에 다크오우거 일가족이 나타났다고 합니다. 어제 아침에 출발한 상행들과 사람들이 되돌아왔습니다."

"다크오우거?"

탄 차원에는 존재하지 않는 오우거라 생소했다.

"온 랑, 다크오우거는 변종 오우거로 일반 오우거에 비해 두 배 정도 능력이 높아요."

그의 옆으로 자리를 옮긴 아레오가 귀엣말로 설명을 해 주었다.

"본래라면 우리 에딘의 전사들이 출동을 해야 하는데, 온 님이 가시는 길이기도 하고 저희도 어제 나타난 혼올프처럼 에딘 평야로 들어오려는 마수와 몬스터 들 때문에 자리를 비우기 힘들어서 의뢰를 하려고 합니다."

"다크오우거 일가족이라면 적어도 세 마리는 넘을 텐데, 골치가 아프군요."

테호른의 말에 단의 얼굴이 딱딱하게 굳었다. 일전에 가온이 마운틴트롤 여섯 마리를 사냥한 적이 있었지만 다크오우거는 놈들보다 훨씬 더 강력한 몬스터였다.

"다크오우거는 피부색이 검고 머리에 뿔이 난 것을 제외한 외형은 일반 오우거와 별 차이가 없지만 육체 능력은 두 배에 달하며 무엇보다 마나를 능숙하게 사용하기 때문에 미스릴급 전사는 되어야만 겨우 감당할 수 있을 정도로 강력한 몬스터예요. 또한 성격이 흉포하고 잔인하며 복수심이 강해서 한 번 목표가 되면 떨쳐 낼 수가 없다고 해요."

옆에서 속삭이는 아레오의 설명을 들으니 다크오우거가 얼마나 위험한 몬스터인지 충분히 짐작할 수 있었다.

"우리 전력으로 과연 다크오우거를 감당할 수 있을지 모르겠습니다."

단의 뒤에 서 있는 로테른이 굳은 얼굴로 말했다.

세간에 알려진 다크오우거의 호전성과 전투력을 감안하면 300명이 넘는 상단의 호위 전력으로도 감당할 자신이 없었다.

더 골치가 아픈 건 에딘의 의뢰가 아니더라도 상행이 처리를 해야만 하는 일이라는 사실이다.

빈트시로 향하는 가도를 통하지 않으려면 마차가 지날 수 없는 산길을 택해야만 했으며 족히 열흘 이상 돌아가야만 했다.

물론 놈들이 그곳을 떠날 때까지 기다리는 방법이 있었지만 그렇게 되면 때를 놓치기 때문에 손해는 아니더라도 엄청난 기대 이익을 포기해야만 했다.

"일단 다크오우거는 4마리입니다. 새끼 2마리도 거의 성체에 가까워서 곧 독립을 할 놈들이고요."

이어진 테호른의 말에 단의 얼굴은 새까맣게 죽었다. 상황이 최악이었기 때문이다.

하지만 테호른의 제안은 단이나 로테른을 상대로 한 것이 아니다.

"온 님, 5천 금을 드리겠습니다. 다크오우거들을 처리해 주십시오."

테호른이 간절한 눈빛으로 가온을 바라보았다.

"내가 그럴 역량이 된다고 보는 것이오?"

"그렇습니다. 골드급 전사들이 감당하는 것조차 어려웠던 혼울프 보스와 암컷들을 오러로 처리하시지 않았습니까."

테호른의 말에는 강한 확신이 담겨 있었다. 그는 가온을 미스릴급 전사로 확신하고 있었다.

가온은 피식 웃었다. 신성력으로 생성한 검기를 사용했지만 실제로는 오러블레이드에 해당하는 위력을 가지고 있다는 사실을 테호른이 알아본 것이다.

'더 성장하겠군.'

많지 않은 정보를 바탕으로 상대의 강함을 알아보는 눈도 강자가 되기 위한 조건이었다. 숙일 줄 알아야 고개를 뻣뻣이 들 수 있는 법이다.

"어떤 식으로 대가를 치를 생각이오?"

단과 안면이 있는 사이도 아니고 가온과도 초면이다. 실력만 보고 5천 금이나 되는 거금을 덥석 지급할 리는 없었다.

사실 오우거를 사냥하는 건 어렵지 않았다. 많이도 필요 없고 아나샤와 아레오만 있으면 된다. 게다가 어차피 가는 길이 아닌가.

"참관인을 딸려 보내겠습니다."

참관을 하고 확인이 되면 보수를 지급하겠다는 의미다.

"곧 출발한다고 하던데……."

"함께 왔습니다. 미리엘 영애."

"네!"

테호른을 수행한 것으로 보이는 전사들 사이에서 대답이 나왔다.

이제까지 아무런 존재감이 없었던 전사 중 하나가 앞으로 나왔는데, 키는 꽤 큰 편이었지만 체구가 호리호리했다.

'영애라고?'

"미리엘 영애께서는 에딘의 주인이신 메넴 각하의 막내딸 이십니다."

가온이 쳐다보자 투구를 벗는 전사. 연푸른색의 긴 머리카락이 폭포처럼 떨어지고 아름다운 여인의 모습이 드러났다.

"괜찮은 실력이군."

나이는 대략 스물 정도로 보였지만 놀랍게도 체내의 마나 활성도로 짐작건대 적어도 실버급 전사였다.

"감히!"

느닷없이 뒤쪽에 있던 전사 두 명이 뛰쳐나오더니 가온에게 쇄도했다. 그들 역시 체구가 호리호리하고 가벼운 움직임을 보였다.

"멈춰!"

테호른이 버럭 소리를 질렀지만 두 전사는 이미 가온의 지척에 도달한 상태였는데 그래도 무기는 사용하지 않았다. 대신 오러를 두른 주먹을 내지르고 있었다.

"방(防)!"

가온이 나지막한 목소리로 외치는 순간 그의 몸 주위로 새하얀 막이 생성되었다. 그리고 쇄도하던 두 사람이 막과 거세게 부딪히며 뒤로 튕겨 나갔다.

　'실력들이 괜찮네.'

　어젯밤에 아나샤와 뜨겁게 사랑을 나눈 결과 100만이 넘는 신성력을 운용할 수 있게 된 가온은 순간적으로 떠오른 생각에 신성력으로 방어막을 만들었는데, 두 사람의 주먹에 실린 힘을 제대로 반탄시킨 것이다.

　털썩! 쿵!

　"크으!"

　"흐윽!"

　반탄력이 얼마나 강력했는지 족히 10미터 이상 날아가서 별채 담벼락에 부딪힌 두 사람은 자신들도 모르게 신음을 흘리며 겨우 일어났는데, 투구가 벗겨져서 강인해 보이는 여인의 얼굴이 드러났다.

　"영애의 호위 전사들인가?"

　"마, 맞아요."

　가온의 시선을 받은 미리엘은 자신도 모르게 가볍게 떨면서 대답했다.

　"훌륭하군. 충성심도 높지만 저 나이에 골드급이라니."

　주먹 위로 오러를 둘렀다면 권기라고 할 만하다.

　"아무리 후작가의 전폭적인 지원을 받았더라고 본인들의

의지와 노력이 없었다면 이런 경지에 오르지 못했을 거야. 그런 점을 감안해서 더 이상 손을 쓰지 않도록 하지. 나와 동행하려면 기억해야 할 것이 있네. 내게 진정한 존중을 받을 수 있으려면 실력이든 뭐든 자격을 갖추어야 하네. 나는 신분 같은 건 전혀 신경을 쓰지 않는 사람이라서 말이야."

가온은 이 세상의 질서 따위에는 관심이 없었다. 게다가 에딘 후작도 이미 다리안 왕국으로부터 독립을 선언하지 않았던가. 이런 난세에서는 힘이 곧 실력이다.

"아, 알겠습니다!"

미리엘은 자신도 모르게 몸을 바로 하고 큰 소리로 대답했다.

'정말 미스릴급이었어!'

그것도 최소한 중급 이상이다. 몸 밖으로 오러를 발현하는 것도 어려운데 순식간에 오러를 방출해서 몸을 감싸는 막으로 만들려면 적어도 미스릴 중급은 되어야만 한다.

물론 확신은 없다. 선배들이 그런 말을 하는 것을 들었을 뿐이니 말이다.

'그런데 왜 오러의 색깔이 흰색인 거지? 게다가 뭔가 신성한 느낌이 들었는데.'

보통 오러는 푸른색이다. 익히고 있는 연공법이나 마나의 속성에 따라서 붉은 오러도 있다고 하지만 그런 특수한 오러를 직접 본 이는 주변에 없었다.

미리엘은 방금 전에 일어난 일을 제대로 받아들이지 못하고 얼빠진 얼굴로 서 있는 두 호위를 향해 매서운 눈길을 보내 경거망동하지 않도록 신호를 주었다.

미리엘과 마찬가지로 두 호위에게 사나운 눈빛을 보냈던 테호른은 등골이 서늘했다.

'미스릴급일 것이라고 예상은 했지만 이렇게 강하다니! 상급이 확실해!'

테호른은 미스릴급 전사를 직접 만나 본 적이 있었지만 온이라는 이 전사에 비할 실력이 아니었다.

오러블레이드와 오러실드가 미스릴급 전사의 전유물이지만 지금처럼 빠르게 생성하려면 적어도 중급은 되어야 했고 상대가 다치지 않도록 튕겨 낼 정도의 운용력이라면 상급이라고 해도 무방했다.

미스릴 상급 전사는 테호른이 알기로 세상에 채 열 명도 되지 않는다. 그러니 그가 놀랄 수밖에 없었다.

미스릴 상급이 아니라 중급만 되어도 가온과 같은 태도가 이상한 것이 아니다.

그런 강자들에게 예전에도 마찬가지였지만 지금처럼 강력한 힘이 요구되는 상황에서는 귀족과 같은 신분은 아무런 의미도 없었다.

충격을 받은 건 그들만이 아니었다. 단은 비록 상인이지만 원행을 마다하지 않는 성격이라서 전사들에 대해 나름 잘 알고 있었기에 가온의 진짜 실력을 알아보고 기겁을 할 수밖에 없었다.

'오러실드라니! 아! 이런 실력이니 마운틴트롤 여섯 마리를 세 명이 해치웠겠구나!'

4급 마법사와 사제의 존재로 인해서 제대로 가온의 실력을 평가하지 못했다.

하지만 곧 그의 얼굴에는 희색이 가득했다.

'이런 강자가 우리 상행을 호위해 주고 있는 거야!'

그 생각을 하자 마음이 편해졌다. 이제까지 왜 노심초사를 했는지 이해가 가지 않을 정도로 말이다.

그때 차를 가지고 나오던 아나샤가 어정쩡하게 서 있는 두 호위 전사를 향해 차가운 미소를 지었는데, 눈빛이 얼마나 차가운지 두 사람은 자신도 모르게 뒤로 물러나며 떨었다.

아레오가 자연스럽게 일어나며 쟁반을 받아 찻잔들을 단과 테호른의 앞에 놓더니 얼굴이 하얗게 질린 두 호위 전사들을 노려보았다.

"온 랑이 이미 용서하셨으니 가만히 있겠지만 다시 실수를 하면 평생 파리를 잡아먹으며 살게 만들어 주지."

"에이! 앞날이 창창한 아가씨들을 개구리로 만드는 건 너무하지. 그러지 말고 우트의 종인 내게 축복을 받는 편이 낫지 않을까? 한 번에 끝나잖아."

미소를 지으면서 그렇게 말하는 아레오와 아나샤로 인해

서 장내 분위기는 얼음장처럼 차갑게 가라앉았다.

사람들은 이제야 4급 전투 마법사인 아레오와 생사의 신전 사제인 아나샤의 존재를 떠올린 것이다.

물론 미리엘의 두 호위 전사의 얼굴은 하얗게 질렸고 금방이라도 쓰러질 것처럼 떨고 있었다.

에딘을 떠나는 상행에는 마차 한 대가 추가되었다.

미리엘과 호위로 열 명의 전사들이 합류했지만 상행 분위기는 별다를 것이 없었다.

정찰조는 열심히 전방을 정찰했고 다른 호위들은 상행의 측면과 후방에 관심을 기울이면서 이동했으며 마부들은 말을 재촉했다.

이동 중에 다른 데 관심을 쏟는 전사들은 없었다. 작은 일이라도 각자 맡은 일에 최선을 다하는 것이다.

하지만 상인들과 마법사들은 좀 달랐다. 적어도 그들은 마차를 타고 움직이기 때문에 돌발적인 상황이 오기 전까지는 여유가 있었다.

"골드 상급이 아니라 미스릴 중급 이상이란 말입니까?"

"그렇소. 단 상단주와 로테른 대장이 직접 눈으로 오러실드를 확인했다고 하더군."

"믿기가 힘들군."

"그렇긴 하지만 두 분이 직접 확인했고, 단 세 명으로 마운틴트롤 6마리를 처리한 것을 보면 틀림이 없을 겁니다."

"어떻게 저렇게 젊은 나이에……."

"이 사람아! 미스릴급 전사가 되면 젊어진다고 하지 않던가!"

"아! 그래서 그렇구나."

"저렇게 젊어 보여도 실제로는 적어도 마흔 살을 훨씬 넘겼을 거야."

"미스릴급 전사를 처음 봐서 그래. 그나저나 우리는 참 운이 좋네."

"맞아. 단 상단주가 황금 동아줄을 잡은 거야. 이런 상황에서 미스릴급 전사를 고용하다니 참 능력도 좋아."

"이럴 줄 알았으면 조금은 편하게 왔어도 되는 거였네. 잔뜩 긴장했었는데……."

"후후후. 그러게. 온 님 실력을 알고 나니까 이상하게 마음이 놓이더라고."

"하아. 그러네. 미스릴급 전사와 함께하는 상행이라니. 왠지 멋있는 추억이 될 것 같아!"

그런 상인과 마법사 들의 대화는 곧 호위 전사들에게 퍼졌고 그날 일정이 끝나기 전에 상행의 모든 구성원이 가온의 진짜 실력을 알게 되었다.

당연히 사람들의 사기는 올라갈 수밖에 없었다. 평생 살면서 한 번 볼까 말까 한 존재인 미스릴급 전사라면 그들에게는 거의 절대적인 강자인 것이다.

그래서 그런지 그동안 에딘에서 수시로 전사를 파견해서 토벌한 덕분인지 가도 주변에는 마수나 몬스터가 발견되지 않았다.

작은 도시에서 하룻밤을 보낸 상행은 반트시를 향해 부지런히 움직였지만, 어제와 달리 긴장감이 흐르고 있었다.

정보가 맞는다면 오늘 다크오우거와 조우할 예정이었다.

정찰조도 오늘은 두 배로 늘렸다. 다크오우거를 먼저 발견하는 것이 애꿎은 희생자를 줄이는 방법이었다.

정오를 막 넘긴 시간.

마침 상행도 점심을 해결하기 위해서 가도와 이어진 작은 다리를 지나갈 때 황급히 돌아온 정찰조로부터 다크오우거를 발견했다는 소식이 들어왔다.

"아예 가도를 틀어막고 있습니다."

더 자세한 설명을 들어 보니 놈들이 자리를 잡은 곳은 반트시로 가기 위해서는 반드시 지나야 할 길로 양쪽은 험준한 절벽 지대와 큰 강이어서 돌아갈 길도 없었다.

게다가 해당 구간의 앞뒤로는 울창한 숲이 있어서 따로 정찰조를 운용하지 않는 상행의 경우 숲을 빠져나오는 순간 다크오우거의 목표가 되어 놈들의 먹잇감으로 전락할 수밖에 없었다.

정찰조의 보고를 들은 가온은 바로 수뇌부 회의를 소집했다.

아레오와 아나샤는 실력과 상관없이 가온의 개인적인 동행이기에 회의에 참가하지는 않았지만 지근거리에서 수뇌부가 나누는 대화를 충분히 들을 수 있었다.

"인간의 맛을 알게 된 놈들이네요."

정찰조의 얘기를 들은 아레오는 바로 그렇게 판단했다.

"주위 상황이나 해당 위치로 보아 마수나 몬스터 들보다는 인간을 노리는 것이 틀림없어요. 놈들에게는 많이 움직이지 않고 손쉽게 사냥할 수 있는 위치니까요."

그렇다면 놈들이 다른 곳으로 떠날 때까지 기다리는 것도 소용이 없었다.

"우리가 처리를 해야겠지요?"

"당연하죠, 언니. 그래야 보너스까지 챙길 수 있어요."

"호호호. 온 랑이 우리 둘의 장신구를 편하게 사 줄 수 있을 보너스를 말하는 거지?"

"맞아요. 온 랑이 절 여자로 만들어 준 덕분에 꾸미는 행위가 얼마나 재미있는지 알게 되었으니 온 랑이 책임을 져야지요."

"호호호. 나도 그래."

"그런데 사제가 언니처럼 그래도 돼요?"

청빈한 생활을 해야 할 사제가 지금처럼 진귀한 백금 장신구로 치장하고 있는 상황을 장난처럼 놀리는 것이다.

"안 될 게 뭐 있어. 우리 신전의 성서에는 꾸미지 말라는 구절도 없고 여자로서의 삶을 포기하라는 말도 없는걸."

"하긴, 레비야도 돈이 생기는 족족 자신을 꾸미는 데 쓰긴 하더라고요."

다른 신전과 달리 생사의 신전 사제들은 여성미를 드러내는 데 주저하지 않았다.

"성녀라는 위치 때문에 그동안 하고 싶은 것을 꾹 참고 살았으니, 이제부터라도 다 하고 살려고. 나는 우트님의 종이기도 하지만 언제까지라도 온 랑의 사랑을 받고 싶은 여자니까."

"맞아요. 저 역시 마법의 길을 걷고는 있지만 그렇다고 여자로서의 삶도 포기하지 않을 거예요. 간혹 온 랑을 일찍 만났다면 마법사로서의 삶을 포기했을지도 모른다는 생각이 들어요."

"그 정도로 행복하다는 거지? 나도 그래. 이런 삶을 어떻게 모르고 살았나 싶어."

"그러니까 이번에 제대로 조력을 해서 우리 몫을 당당하게 요구하자고요. 아무리 온 랑이 부자라도 우리가 가진 것이 있어야 해요."

"그러자."

아레오와 아나샤는 한 남자를 사랑하는 경쟁자라는 생각

은 더 이상 하지 않았다.

만약 남편의 사랑을 갈구하고 가정에 충실하는 것을 미덕으로 아는 평범한 여인이었다면 서로를 질투할 수밖에 없었겠지만, 두 사람은 각자 걸어왔고 앞으로도 계속 걸어야 할 길이 있다.

가온을 사랑하지만 자신만의 일이 있는 것이다.

두 여인이 그렇게 귀엣말로 소곤거리는 사이에 회의가 끝났다.

결론은 났다.

예상한 대로 가온과 두 여인이 다크오우거들을 처리하는 것으로 말이다.

만약 세 사람이 처리하지 못한다면 단도 에딘으로 철수할 수밖에 없었다. 손해가 크겠지만 엄청난 전력 손실이 불가피한 다크오우거의 전투를 선택할 수는 없었다.

"온 랑, 지난번처럼 처리할 거죠?"

미리엘 일행과 함께 정찰조를 따라 이동하면서 아레오가 한 말에 가온은 고개를 끄덕였다.

자신의 무력을 제대로 보여 주고 싶은 마음도 있었지만 굳이 무리할 필요는 없었다. 미리엘 일행도 있으니 그 정도로도 충분했다.

"저기입니다!"

작고 울창한 숲을 빠져나오기 직전에 걸음을 멈춘 데로얀이 한곳을 가리켰다.

나뭇가지 사이로 보이는 개활지에는 짙은 회색 피부를 가진 오우거들이 있었다.

2마리는 낮잠을 자고 있었고 2마리는 엉겨 붙어 힘을 겨루는 놀이를 하는 것 같았는데, 몸에 닿는 나무들은 물론이고 바위들도 부서져 나갈 정도로 살벌했다.

"확실히 일반 오우거에 비하면 강한 놈들이네."

거대한 몸집만으로도 강한 위압감이 드는데 주위에 널려 있는 마차의 파편과 뼈 무더기 들이 미리엘 일행의 등골을 서늘하게 만들었다. 족히 말을 포함해서 수백 명은 놈들에게 당한 것 같았다.

"나는 은밀하게 놈들을 살펴볼 테니 다들 숲 입구 쪽으로 물러나서 대기해."

투명화 스킬을 펼친 가온이 그 말을 남기고 순식간에 사라졌다.

"헙!"

미리엘 일행은 순식간에 사라진 가온에 놀라 경호성을 뱉다가 아레오의 차가운 시선에 손으로 입을 틀어막았다.

"온 랑의 말대로 물러나도록 하지. 다크오우거의 감각이 굉장히 민감하니 조심해야 해."

사람들은 아레오의 말대로 최대한 기척을 줄여 뒤로 물러났다.

미리엘은 호위 전사들을 따라 숲을 빠져나가면서도 한순간에 꺼지듯 사라진 가온의 모습을 잊을 수가 없었다.

'마법사도 아닌데 어떻게 그럴 수 있지?'

아니, 마법사라고 하더라도 그렇게 한순간에 꺼지듯 사라지는 마법을 쓰지는 못한다.

그녀도 마법을 공부한 적이 있기 때문에 선명한 이미지를 그리는 과정이 얼마나 오래 걸리는지 잘 알고 있었다.

'미스릴급 전사가 되면 그런 능력이 생기는 걸까?'

최근까지도 에딘 후작가에서 거금을 들여 가며 수집하고 있는 인물 편람 그 어디에서도 찾아볼 수 없는 미스릴급 전사라니. 정체도 그렇고 도무지 알 수가 없는 사람이다.

한편 가온은 투명화 상태로 곧장 옆에 있는 나무를 타고 올라가서 숲 가장자리로 이동했다.

오우거들이 자리를 잡고 있는 공간은 산봉우리와 가까운 높이에 건설된 가도로, 가로 500미터에 세로는 50여 미터 정도였다. 그리고 가도의 한쪽은 절벽이, 그리고 다른 한쪽은 산봉우리와 연결이 되는 가파른 경사의 절벽이 자리하고 있었다.

물론 가도의 양쪽 끝에는 작지만 울창한 숲이 자리하고 있었고 그 너머에는 산을 내려가는 가도가 있었다.

그리고 가도의 이곳저곳에는 부서진 마차들과 말과 인간의 것으로 보이는 뼈와 무기 등이 쌓여 있는 무더기들이 있었다.

'일단 놈들을 유인할 장소부터 찾아봐야겠네.'

가온은 투명날개를 장착하고 높이 날아올라서 오우거들이 자리를 잡고 있는 땅과 그 양쪽 숲을 찬찬히 살펴보았다.

그런데 거대한 체구의 다크오우거 네 마리를 한꺼번에 처리할 수 있는 마땅한 장소가 보이지 않았다.

숲 자체가 그리 크지 않았거니와 그 바깥쪽은 산 아래로 내려가는 경사지였다.

더 넓게 주위를 둘러보니 확실히 돌아가기에는 무리가 있었다.

마차가 다닐 수 있을 정도로 잘 닦인 길도 아예 보이지 않아서 다크오우거들을 반드시 처리해야만 했다.

문제는 마운틴트롤처럼 유인을 해서 처리할 수 있는 마땅한 장소가 없다는 것이다.

다크오우거의 거대한 몸집과 행동반경을 생각하면 꽤 큰 홀리피어진을 설치해야 하는데 그렇게 큰 공간 자체가 없었다.

물론 산 아래로 더 내려가면 적합한 장소가 있지만 놈들이 그곳까지 따라올지도 의문이었고, 거리가 상당해서 그 과정도 쉽지 않았다.

'굳이 유인해서 처리할 필요가 있을까?'

어젯밤에도 아나샤와 사랑을 나누었기 때문에 사용할 수 있는 신성력의 총량이 100만을 훌쩍 넘기는 상황이니 귀찮게 유인해서 진을 이용해서 전력을 약화시키고 처리하는 과정을 거칠 필요가 있을까 싶다.

답답한 나머지 그런 생각까지 하고 있던 가온의 눈이 어느 순간 빛났다.

'새끼 혼자 숲으로 들어가는군.'

바로 아래로 내려가서 확인해 보니 용변을 보고 있었다.

'호오! 지능이 높은 몬스터라서 그런지 기본적인 위생 개념은 있다는 거군.'

그것도 숲 중앙에 뚫려 있는 가도 근처가 아니라 산봉우리로 이어지는 절벽과 맞닿은 작은 공터에 자리를 잡고 용을 쓰고 있었다.

'기회다!'

유인 작전이고 뭐고 다크오우거가 커다란 틈을 보였으니 바로 처리를 해야만 했다.

'마나탄이면 되겠지.'

하지만 안타깝게도 다크오우거는 순식간에 볼일을 마치고 자리에서 일어났다.

지금 손을 쓰면 죽일 수는 있겠지만 필연적으로 큰 소음이 날 터이고 감각이 예민한 다른 놈들이 순식간에 가세할 것이다.

놈이 마무리를 하고 떠난 자리를 무심코 쳐다본 가온의 눈이 호선을 그렸다.

'아예 이곳에 전용 화장실을 만들었네.'

변 냄새로 인해서 목표인 인간들이 아예 오지 않을 것을 우려했는지 다크오우거는 큰 구덩이들을 여러 개 파 두었고 변을 본 후에는 흙으로 구덩이를 덮었다.

'이러면 일이 쉬워지겠네.'

이제 하나만 확보하면 된다.

그리고 그건 아마도 아레오가 알고 있지 않을까 싶다.

'아니지. 달리아트족 치료사 중에서도 아는 이가 있을지 몰라.'

아무튼 그 부분만 해결이 되면 생각보다 쉽게 다크오우거를 은밀하게 사냥할 수 있을 것이다.

"설사를 유발하는 독초요?"

뜬금없는 가온의 질문에 아레오의 고운 눈매가 꿈틀거렸다.

"응. 그런 독초가 있지 않을까?"

"전 연금 계열이 아니라서 잘 모르는데…….."

자신이 알고 있을 거라고 생각하는 가온을 실망시키기는 싫지만 아레오는 솔직하게 대답했다.

아나샤를 쳐다보니 그녀 역시 난감한 얼굴로 고개를 흔든다.

'하긴 성녀가 그런 것을 알고 있을 리가 없지.'

그때 정찰조장인 다로안이 고개를 갸웃하더니 조심스럽게 입을 열었다.

"사스민이 복통과 함께 설사를 유발하는 것으로 알고는 있지만 확실하지는 않아요."

"어떻게 생겼소?"

"재배하는 약초나 차 나무 근처에 즙을 내어 뿌리면 벌레를 쫓는 사스민은 물가에서 흔하게 발견할 수 있는데 작고 노란 꽃을 피워요. 희고 굵은 뿌리에서 뭉쳐서 나오는 잎은 심장 모양과 가까운 원형이에요."

다로안이 비교적 상세하게 자신이 알고 있는 식물에 대해 설명을 하자 가온이 벼리에게 확인을 부탁했다.

—맞아요. 지구에서는 동이나물이라고 부르는 입금화예요. 복통과 함께 설사를 유발하며 천연살충제로 사용해도 될 정도로 독성이 아주 강해요.

"혹시 근처에서 본 적이 있소?"

"지금은 봄이 아니라서 꽃은 볼 수 없지만 습지나 물가 근처에서는 흔하게 자라니……."

"당장 확인해 봅시다."

사람들은 이유도 모르고 근처에 있는 습지와 물가를 찾아서 사스민이라는 독초를 찾기 시작했다.

물가에서는 사스민을 찾을 수 없었지만 다행하게도 물이 고여 있는 작은 습지에서 발견할 수 있었다.

가온은 근처에서 작은 바위를 고른 후 단검에 검기를 생성해서 안을 파내어 절구를 만들고 파편으로 공이까지 만들어서 빈 포션 병과 함께 아레오에게 넘겨주었다.

"되도록 많은 즙을 만들어 줘."

"알았어요. 여러분은 사스민을 최대한 많이 뜯어 와 줘요."

정찰조원들에게 그렇게 부탁한 아레오는 전투 계열 마법사지만 어릴 때 연금 계열을 공부한 적이 있었기 때문에 이런 도구를 다룰 줄 알았다.

"온 랑, 어떻게 하려고요?"

그제야 아나샤가 물었다.

"그러고 보니 마음이 급해서 설명을 못 해 주었군. 은신 상태로 다크오우거들을 살펴보니……."

가온은 다크오우거의 배변 습관을 확인한 일에 대해서 알려 주었다.

"놈들이 아무리 감각이 예민하고 조심성이 많다지만 그 순간까지 그런 것 같지 않았어."

거기까지 설명하자 아나샤는 가온의 생각을 짐작했다.

"그럼 사스민즙이 잔뜩 들어간 고기로 놈들에게 복통을 유발한 후 배변을 볼 때 처리할 생각인 거예요?"

"맞아. 마침 놈들이 배변 장소로 사용하는 곳에 몸을 숨기기 용이한 장소가 있더라고."

"으음. 온 랑의 실력을 생각하면 굳이 그럴 필요까지는 없을 것 같은데요?"

"나는 멋있게 사냥을 하는 것보다는 결과를 중시해. 기습이든 뭐든 목표를 쉽고 빠르게 처리하는 것이 가장 중요하지 않을까?"

굳이 1의 힘으로 처리할 수 있는 일을 멋있게 보이기 위해서 10의 힘으로 처리하고 싶지는 않았다.

"온 랑의 실력을 생각하면 뜻밖이긴 하지만 맞는 말이에요."

아나샤는 자신의 남자에 대해서 좀 더 깊이 알게 되었다고 생각했다.

'우리 온 랑은 보통 이 정도 실력의 전사라면 당연히 가지고 있을 쓸데없는 것들이 전혀 없어.'

허세까지는 아니더라도 보통 강자들은 남들에게 자신을 멋지게 보이려는 기본적인 성향을 가지고 있다.

그래서 상대에게 선공을 할 기회를 준다거나 쓸데없이 과시를 한다든가 혹은 기습과 같은 행위를 비겁하다고 여기는 경우가 많다.

하지만 아나샤가 본 가온은 어떤 상황에서도 최대의 효율을 발휘할 수 있는 최선의 방법을 연구하고 실행하는 실리적인 성격을 가지고 있었다.

'이런 남자라면 안심할 수 있어.'

사랑하는 남자가 자신의 목숨을 귀하게 여기는 것을 싫어하는 여자는 없을 것이다. 하물며 아나샤는 남들보다 훨씬 늦은 나이에 사랑을 하게 되었기 때문에 가온의 안위가 더욱 중요했다.

숲에서 가장 가까운 곳을 어슬렁거리던 새끼 다크오우거는 엷은 피 냄새에 코를 벌름거렸다.

'오크다!'

새로 맛본 인간보다는 못하지만 즐겨 먹었던 오크의 피 냄새가 확실했다. 그것도 죽은 지 얼마 되지 않아서 무척이나 싱싱한.

며칠 전에 이곳을 지나던 인간 스물과 말 10마리를 잡아먹었지만 3분의 2 이상은 어미와 아비의 몫이었기 때문에 놈은 나머지를 형제와 함께 나눠 먹었다.

이미 어미와 아비의 몸집에 근접할 정도로 자란 상황이라서 그 정도로는 배가 차지 않았다. 그래서 잠도 제대로 자지 못할 정도였다.

다크오우거는 자신보다 더 욕심이 많은 형제를 훔쳐보았다.

마침 녀석은 배가 고픈지 뼈가 쌓여 있는 무더기를 뒤지는 중이었다.

슬며시 숲 쪽으로 움직인 다크오우거가 걸음을 빨리하다가 어느 한 곳을 보고 입이 크게 벌렸다.

횡재다. 사슴의 뿔에 배가 꿰뚫려 죽은 오크가 보인 것이다.

오크가 도망치는 사슴을 쫓아 이곳까지 왔다가 반격을 받고 동패구사한 것이 틀림없었다.

아마 사슴은 자신들의 냄새를 맡고 더 이상 도망을 치기보다는 뒤쫓아온 오크를 냅다 뿔로 들이받았을 것이다.

다크오우거는 이대로 조금 시간이 더 지나면 피 냄새 때문에 욕심 많은 형제뿐 아니라 어미와 아비까지 올 수 있다는 생각에 게걸스럽게 사슴과 오크를 뜯어먹기 시작했다.

워낙 덩치가 크기 때문에 꽤 큰 사슴과 오크는 순식간에 단단한 뼈 몇 개만을 남기고 사라져 버렸다.

"흐흐흐."

양은 차지 않았지만 몰래 혼자 먹어서 그런지 다른 때보다 훨씬 더 맛있었다.

그래서 새끼 다크오우거는 포만감을 느낄 정도는 아니었지만 기분이 무척 좋아졌다.

하지만 놈은 형제인 다크오우거 역시 다른 쪽 숲에서 비슷한 과정을 거쳐서 사슴과 오크를 먹고 있을 거란 사실은 아예 짐작도 하지 못했다.

복통으로 인해 다른 감각이 둔감해진 상태에서 설사를 하
는 새끼 다크오우거들은 나무 위에서 벼락처럼 빠르게 내리
꽂힌 창을 피하지 못했다.

두개골을 뚫고 들어간 창에 담겨 있는 화기는 순식간에 오
우거의 뇌를 태워 버렸고, 변을 보던 자세 그대로 엎어진 놈
들은 더 이상 설사의 고통을 맛보지 않아도 되었다.

해당 장소의 산봉우리 쪽 절벽 중간에 튀어나온 바위에 올
라가 있던 참관인들은 그런 광경을 눈으로 생생하게 확인할
수 있었다.

"미친!"

누군가의 입에서 욕이 흘러나왔지만 다들 비슷한 얼굴이
었다.

"독을 써서 설사를 유발하고 변을 볼 때 기이한 마나가 깃
든 창을 던져 즉사시키다니. 다크오우거를 이런 식으로도 사
냥을 할 수 있는 건가?"

미리엘 영애가 그렇게 물었지만 아무도 대답을 하지 못했
다.

간혹 오우거를 사냥했다는 전사대에 대한 이야기는 들었
지만 최근 몇 년 사이에 출현해서 단숨에 최고의 몬스터로
떠오른 다크오우거를 사냥하는 전사가 있다는 얘기는 한 번

도 들어 본 적이 없었다.

"어쨌거나 우리도 활용할 여지가 높은 사냥 방식입니다."

"전사의 명예는 어쩌고요?"

"이런 시국에, 아니 몬스터를 상대로 무슨 명예를 찾아? 몬스터가 명예를 인정해 주기라도 하나?"

"……."

명예를 언급했던 전사가 다른 누군가의 힐난에 입을 다물었다.

"그나저나 성체 2마리도 이런 식으로 처리할까요?"

"그건 알 수 없지만 성체라면 쉽게 중독되지 않을걸."

참관인들이 나무 위에서 그런 대화를 나누고 있을 때 아나샤를 앞으로 안은 가온이 다크오우거들이 화장실로 사용했던 구역 주위에 있는 나무 위로 올라가더니 일정한 간격으로 자르며 아래로 내려오기 시작했다.

"이상해. 대검으로 저 큰 나무를 자르는데 아무 소리도 나지 않아."

"헙! 저건 아공간 주머니가 틀림없어요. 온 님이 나무를 자르는 족족 저 사제가 나무토막을 주머니 안으로 집어넣고 있어요."

"온 님이 위에서부터 팔 길이만큼 나무를 자르면 사제가 자른 부분을 아공간 주머니에 넣은 방식으로 소리 없이 처리하고 있는 거야."

참관인들은 성체 다크오우거들을 깨우지 않으려는 의도는 짐작했지만 왜 굳이 나무를 벌목하는지는 알 수 없었다.

그렇게 참관인들이 의아한 눈빛으로 지켜보는 가운데 벌목 작업이 끝났다.

이어 마법사가 대기 중에서 물을 만들어 내기 시작했는데 순식간에 꽤 넓은 지역에 물이 차 버렸다.

'원래 저곳이 다른 곳보다 낮았나?'

위에서 내려다보니 희한하게도 물이 찬 땅의 모양은 완벽한 정오각형이었고 한 변의 길이는 대략 30미터 정도 되어 보였다.

그때 사제가 정오각형의 꼭짓점에 해당하는 곳에 무언가를 집어넣었는데, 예상과는 달리 아무런 일도 벌어지지 않았다.

그 작업이 끝나자 마법사와 사제는 자신들이 있는 절벽 쪽으로 올라왔는데, 지상에서 15미터 지점에 있는 작은 동굴 속으로 들어가 버렸다.

마지막으로 남은 가온은 사제에게 받았을 아공간 주머니에서 새끼 다크오우거 두 마리를 꺼내더니 도축을 하려는지 가죽을 벗기기 시작했다.

'헛! 설마 정말 도축을 하려는 건 아니겠지?'

참관인들은 곧 새끼들의 냄새를 맡고 찾아올 성체 다크오우거들을 예상하고 겁에 질렸다.

그런 가운데 가온은 아주 능숙한 솜씨로 다크오우거 2마리의 가죽을 빠르게 벗겨 내었고 마정석까지 적출해 버렸다.

그때 참관인들이 예상했던 일이 벌어졌다.

쿵! 쿵! 쿵! 쿵!

자신들이 숨어 있는 절벽 위 바위에서도 느껴지는 강한 진동과 함께 키가 10여 미터에 달하는 거대한 체구의 다크오우거들이 뛰어오고 있었다. 아마 죽은 새끼들의 냄새를 맡은 것이리라.

쿠구구궁! 쿠구구궁!

나무들이 통째로 넘어가는 소리와 함께 거대한 다크오우거 2마리가 가죽이 통째로 벗겨져 있는 새끼들이 놓여 있는 곳으로 달려왔다.

우워어어어!

대기를 춤추게 만드는 굉량한 울음. 그 안에는 하늘을 찌르는 분노와 비통함으로 가득했다.

변이가 된 후 최강의 전투력을 발판으로 덤벼드는 모든 마수와 몬스터를 모조리 죽여서 배 속에 집어넣었던 다크오우거들은 새끼들의 죽음을 도저히 믿을 수가 없는지 새끼들을 부여잡고 울부짖었다.

그때 바위 위에 엎어져서 얼굴만 밖으로 내놓고 아래를 내려다보던 참관인들은 놀라운 광경을 보았다.

"아가씨, 신성진이에요!"

누가 뭘 어떻게 한 것인지는 몰라도 오각형의 젖은 땅은 어느새 신성력으로 가득 차 버렸다.

울부짖던 다크오우거들도 놀랄 정도로 신성한 힘으로 가득 차 버린 오각형의 공간은 다음 순간 시퍼런 뇌전이 몰아치는 공간으로 변해 버렸다.

"전격 마법이다!"

아까 물을 채워 둔 것은 전격 마법을 효과적으로 사용하기 위해서인 모양이다.

쿠워어어!

크워어엇!

신성진 내부를 가득 채운 전격으로 인해 더 이상 보이지 않는 다크오우거들의 울부짖음에는 이전의 비통함과 분노 대신 당황과 경악 그리고 고통이 느껴졌다.

한데 시퍼런 전격으로 가득한 신성진 밖에 가온의 모습이 홀연히 나타났다.

"온 님이다!"

나타난 가온의 옆에는 새하얀 창들이 가득 쌓여 있었고 그는 연신 창을 전격으로 가득한 곳을 향해 던지고 있었다.

'저렇게 새하얀 창은 본 적이 없어!'

창의 색깔도 신기했지만 그가 창을 잡은 순간 마치 감전이 된 것처럼 창이 시퍼런 뇌전에 휩싸이는 것도 너무 이상했다.

아무튼 전격이 흐르는 창이 전격으로 가득한 공간으로 사라질 때마다 안에서는 다크오우거들의 찢어지는 비명이 연신 새어 나오다가 어느 순간 끊겼다.

바라크 시티

마침내 시퍼런 전격이 사라진 후에야 참관인들은 오각형의 땅을 다시 볼 수 있었다.

"다크오우거들이 죽었어!"

누군가의 말대로 다크오우거들은 얼굴과 심장에 각각 다섯 자루의 새하얀 창이 깊이 박힌 상태로 죽은 상태였는데, 창에 실린 힘이 얼마나 강력했는지 오각형의 땅끝까지 밀려나 있었다.

"진짜 미스릴급이었어!"

미스릴급이 아니라면 다크오우거가 아니라 일반 오우거도 투창으로 죽일 수는 없었다. 오러가 깃든 무기가 아니면 오우거에게 생채기조차 낼 수 없었기 때문이다.

가온이 놈들을 향해 걸어가더니 마치 감상이라도 하는 것처럼 놈들을 가만히 쳐다보았다.

참관인들은 안면과 심장 부위가 박살 난 상태지만 당장이라도 다크오우거들이 몸을 일으켜 가온을 죽일 것 같은 생각에 마음을 졸였지만, 그런 일은 일어나지 않았다.

그들은 알지 못했지만 다크오우거의 뇌와 심장은 창을 타고 신체 내부로 침투한 강력한 뇌기에 의해 모두 타 버린 상태였다.

참관인들은 가온이 감상을 마쳤다는 듯 만족스러운 얼굴로 몸을 돌리고 나서야 비로소 안심하고 내려가려고 몸을 일으키려고 했다.

하지만 그들보다 먼저 움직인 사람들이 있었다.

"온 랑!"

"온 랑!"

15미터 높이의 동굴 속에 들어가 있었던 마법사와 사제가 가온을 향해 몸을 날렸고 믿어지지 않지만 그는 두 여인을 가볍게 들어서 품에 안았다.

마지막까지 아래를 내려다보던 미리엘은 순간 두 여인이 너무 부럽다는 생각이 들었다.

미리엘 영애는 군소리 없이 약속했던 의뢰금을 지급하고 에딘으로 돌아갔다.

그녀가 마지막까지 가온에게 눈을 떼지 못하는 모습에 아레오와 아나샤는 코웃음을 쳤지만 드러내 놓고 힐난하지는 않았다.

'온 랑의 능력을 눈으로 직접 봤다면 반하지 않을 수 없었겠지.'

특히 후작 영애의 신분임에도 불구하고 전사의 길을 선택한 만큼 가온의 존재는 영혼에 새겨질 정도로 강한 인상을 받았을 것이 틀림없다.

그런 감정이 이성에 대한 호감으로 변하는 것은 너무나 자연스러운 일임을 두 사람은 충분히 짐작했지만, 당사자인 가온은 그녀에게 아무런 감정도 없었고, 신분이 신분이니만큼 그녀의 감정이 실현될 가능성이 거의 없다는 사실 또한 잘 알고 있었다.

그래서 안쓰러운 감정까지 들었다.

"쟤, 앞으로 사랑하긴 힘들겠지?"

"당연하죠, 언니. 온 랑을 봤으니 누가 눈에 들어오겠어요."

미리엘 영애를 안쓰럽게 쳐다보는 두 여인의 얼굴에는 강한 자부심이 느껴졌다.

이후 일정은 평이했다.

"후유! 꼭 하루에 세 번씩은 습격을 받네."

"젠장! 기껏 씻었는데 이 꼴이 뭐야!"

물론 가온의 기준에서 평이한 거였다.

알레랑과 바크라로 이어지는 가도에는 인구가 많은 도시들이 늘어서 있는 만큼 농장과 목장 등 마수와 몬스터 들을 꼬이게 만드는 곳이 많았기 때문이다.

비록 연합 상단의 규모가 크다고는 했지만 울프들은 물론이고 고블린과 같은 경우에도 1천여 마리나 되는 전사를 거느린 무리가 하나둘이 아니어서 거의 매일 세 번 정도는 공격을 받았다.

고블린이 가장 많았고 놀과 코볼트, 오크 등이 거의 매일 찾아왔다.

냄새를 풍기는 곡물과 육류 등이 주요한 화물이기도 했고 인간만 500명 가까이 되고, 말도 예비 마까지 500여 마리에 달하니 몬스터가 안 꼬일 수가 없었다.

가온은 그런 몬스터를 대상으로 마법과 석궁 그리고 활을 활용해서 예봉을 꺾은 후 상단 호위들은 방어에, 달리아트족 전사들은 공격을 전담케 해서 전투 효율을 극대화시켰다.

활을 포함해서 서너 개의 무기를 능숙하게 다루며 민첩한 움직임이 두드러지는 달리아트족 전사들은 난전에 무척 강했다. 거기에 방어보다는 공격에 특화되어 있기 때문에 그들도 가온의 지휘 방식을 선호했다.

그래도 매번 가온이 가장 큰 공을 세웠다. 가장 위험한 보스는 대부분 가온이 해치웠으며 지휘를 하는 와중에 날리는 화살은 숫자만큼 몬스터의 숨통을 끊었다.

그럼에도 불구하고 마부나 상인 그리고 호위 전사 중에서 거의 매일 한두 명의 사망자가 나온 것은 안타까운 일이지만 그건 어쩔 수 없었다.

아무런 피해도 입지 않고 매일 3천 이상의 몬스터를 격퇴할 수는 없으니 말이다.

어쨌거나 연합 상행은 일정보다 하루가 늦은 8일 만에 바크라 시티에 입성할 수 있었다. 이른 오후였다.

바크라 주민들은 한눈에도 곡물 포대가 겹겹이 쌓여 있는 화물칸을 가득 채운 마차 100대가 줄지어 들어오는 모습에 열렬히 환호했다.

최근 주위와 통하는 가도에 출몰하는 다양한 마수와 몬스터 들로 인해서 나가고 들어오는 상행이 눈에 띄게 줄어들어 곤란한 상황에 처했던 바크라 시티에서는 주민들은 물론 시장까지 황급히 달려 나와서 환영할 정도였다.

그만큼 이번에 연합 상단이 가지고 온 곡물과 육류 등은 장인 도시로 유명하지만 식량 자급률이 낮은 바크라 시티에는 무척 중요했다.

게다가 연합 상단이 여관으로 가는 짧은 시간에 물량의 절반은 이미 계약이 되어 있었지만, 나머지 절반은 미계약 상태라는 점이 알려지면서 바크라 시티의 상단들이 거의 모두 몰려들었기 때문에 상행의 구성원들은 흥분할 수밖에 없었다.

그런 분위기에도 별로 흔들리지 않는 이들이 있었다. 가온 일행이었다.

"찾아오는 상인들을 보니 이를 가지고는 어림도 없겠는데요."

원래 연합 상단은 이틀 동안 이곳에 머무를 예정이다. 가지고 온 물건들을 주문한 상단에 넘기고 이곳에서 물품을 구입해서 알레랑으로 돌아갈 예정이었다.

그런데 중간에 에딘 등에서 구입한 여분의 물량이 많았고 몰려든 상인들이 많아서 과연 이틀 후에 출발할 수 있을지 장담할 수가 없었다.

"그거야 단 상단주가 알아서 하겠지."

원래는 알레랑까지 돌아가는 여정까지 함께할 예정이었지만 어제 급하게 일정을 변경했다.

"아무 여관이나 들어가서 따듯한 물에 몸을 푹 담그고 싶어요."

"잠시만 기다려요, 언니. 단 상단주가 좋은 곳으로 추천을 해 준다고 했잖아요."

피로감을 전혀 못 느끼는 가온은 별생각이 없었지만 아레오와 아나샤는 쉬고 싶은 얼굴이었다

이번 상행을 하면서 노숙은 사흘 정도밖에 안 했다고 하지

만 매일 마수와 몬스터의 습격을 세 차례 이상 받았으니 긴장했을 것이고 당연히 피곤할 수밖에 없었다.

잠시 대기를 하던 가온은 단의 호의로 다른 전사들과 달리 바크라 시티에서 가장 좋은 여관에 묵을 수 있었다. 그것도 별채였다.

세 사람은 따듯한 물에 몸을 담그고 이번 여정 동안 쌓인 몸과 마음의 피로를 한 꺼풀 벗겨 내고 한가롭게 차를 즐겼다.

"그런데 이곳에 살 것이 있으려나?"

가온은 물론이고 아레오나 아나샤도 무기가 별로 필요하지 않은 사람들이다. 굳이 필요하다면 소모품인 화살 정도밖에 없었다.

"온 랑이 무기가 필요한 건 아니니 살 건 없겠지만 오면서 들었던 대로 이곳의 정보 길드가 아주 유명해요."

"던전에 대한 정보도 분명히 취급할 거예요."

그래서 왕복 호위 계약도 어젯밤에 단을 따로 만나서 의논을 한 결과 편도로 수정했다. 단이 먼저 예정보다 바라크에서 며칠 더 머물러야겠다고 양해를 구해 온 것이다.

가온은 아레오와 아나샤와 의논을 한 끝에 단의 요청을 거절했다.

"우리는 할 일이 있습니다."

"약속을 어긴 것은 제 쪽이니 어쩔 수 없지요."

단은 내키지 않는 얼굴이었지만 오면서 위험한 무리는 대부분 박멸에 가까운 수준으로 해치웠기 때문에 빨리만 돌아가면 가온 없이도 어느 정도 안전이 담보되기에 약간이나마 마음을 놓을 수 있었다.

"정말 이곳에서 던전에 대한 정보를 구할 수 있을까?"

"제 생각에는 틀림없이 있어요. 가까운 곳에 던전이 있는데 굳이 왕국군이 지키고 있는 던전을 몰래 들어갈 필요가 없잖아요."

아레오는 여정 내내 고민을 하더니 아무래도 자신의 학파와 관련이 있는 던전을 건드리는 것은 부담스러운지 이곳에서 던전에 대한 정보를 수집해서 바로 움직이자고 했고 가온도 받아들였다.

'꼭 던전만 고집할 필요는 없지.'

마수나 몬스터를 사냥해도 된다. 가온의 목적은 던전을 통해 두 사람을 성장시키는 것이지 던전 그 자체가 아니다.

그래도 두 사람에게 갓상점의 존재를 알려 주고 이용할 수 있는 권한을 얻게 해 주고 싶어서 그동안 던전을 최우선으로 고려한 것이다.

"게다가 이곳은 좋은 무기를 구하려는 전사들이 모여드는 곳이에요. 당연히 좋은 의뢰도 많이 모이고요. 그러니 온 랑과 우리를 도와줄 수 있는 인재도 쉽게 구할 수 있어요."

아나샤의 말까지 들으니 아레오가 부담감 때문에 다른 던전을 공략하자고 한 것만은 아니라는 생각이 들었다. 굳이 시간 낭비를 할 필요는 없었다.

"그렇긴 하네. 그런데 그 부분은 두 사람이 던전에서 성장하면 해결될 수 있는 문제인데."

가온은 두 사람에게 대지를 뒤집을 수 있는 마법과 아이스 계열의 마법에 능통한 마법사나 원소술사가 필요하다는 얘기를 몇 번 했었다. 그런 사람만 합류하면 바로 의뢰를 시작할 생각이었다.

물론 시간을 좀 더 들이면 둘 중 한 사람이 갓상점을 통해서 해당 스킬을 구입할 수 있을 것이니 그냥 지나가듯 한 얘기였는데, 두 사람은 그렇게 생각하지 않았던 모양이다.

"그렇긴 하지만 온 랑이 생각하는 일을 해결하려면 사람이 많을수록 좋잖아요. 물론 실력도 실력이지만 믿고 등을 맡길 수 있어야만 하지만요."

뭐 그거야 가온도 알고 있는 사실이지만 쉬운 일은 아니다. 아레오와 아나샤처럼 뛰어난 실력을 가지고 있으면서도 믿을 수 있는 사람을 어떻게 구한단 말인가.

"아무튼 오늘부터 발품을 좀 팔아 보지요. 나는 던전 쪽을 알아볼 테니 언니는 온 랑이 말한 인재를 좀 알아봐 줘요."

"알았어. 맡겨 두라고. 이곳에 자리 잡은 지 오래된 전쟁의 신전과 사냥의 신전을 통한다면 괜찮은 실력에 인성까지

갖춘 인재를 구할 수도 있을 거야."

"그럼 난 뭘 할까?"

가온은 자신들끼리 북 치고 장구 치는 아레오와 아나샤를 지켜보다가 그렇게 말했다.

"온 랑은 돈을 벌어 와야지요."

"돈?"

다크오우거와 관련된 의뢰를 통해 5천 금이라는 거금을 받았다. 물론 사체도 챙겨 왔고.

"우리에게 사치의 맛을 보여 주었으니 책임져요."

아레오의 말은 아마도 자신들을 위해서 쇼핑을 하라는 의미일 것이다. 즉, 나머지 일은 자신들이 알아서 할 테니 쇼핑이나 하면서 쉬라는 의미였다.

"하하하. 그렇게 하지."

미리엘 영애에게 받은 돈만으로도 진짜 사치가 어떤 것인지 모르는 두 여인을 충분히 만족시켜 줄 수 있었다.

아레오와 아나샤가 외출했지만 가온은 여관을 나갈 생각이 없었다. 딱히 뭘 사거나 구경할 생각 자체가 없었기 때문이다.

'수련이나 하자.'

가온은 별채의 연무장에서 가볍게 몸을 푼 후 연공을 시작했다. 청뇌명상법부터 시작해서 음양신공에 이어 뇌전신공

그리고 마지막으로 청류심법까지 공들여 연공했다.

'엄청나네!'

가온이 추정하는 현재의 실력은 그랜드마스터 경지. 이게 모두 전날 밤에 사랑의 행위를 통해 아나샤가 전해 준 신성력 덕분이었다.

그래서 마나를 사용해서 수련을 할 수는 없었다. 조금만 잘못해도 이 연무장은 물론이고 별채와 본채인 여관 전체가 날아가 버릴 테니 말이다.

가온은 오랜만에 갓상점에 접속했다. 보다 효과적으로 뤼나웜을 처리할 수 있는 특별한 스킬을 찾기 위해서였다.

'둘도 한번 찾아봐.'

구매가 가능한 스킬이 너무 많아서 벼리와 파넬에게도 부탁을 했다.

-알았어요, 오빠.

-꼭 찾아내도록 하겠습니다, 주인님.

벼리와 파넬의 든든한 의념에게 고개를 끄덕인 가온이 집중해서 스킬을 살피기 시작했다.

'신기한 것들이 많네.'

등급이 높아져서 그런지 구입할 수 있는 스킬의 숫자가 어마어마했다. 자신 혼자서는 짧은 시간에 다 살펴보는 것이 불가능할 정도였다.

그래도 가끔 괜찮아 보이는 스킬들이 눈에 띄었다.

'하지만 가격이 너무 비싸!'

욕심은 나지만 당장 보유하고 있는 명예 포인트도 많지 않거니와 지금 당장은 뤼나웜을 박멸하는 데 효과가 높은 스킬이 필요했다.

그렇게 스킬을 살펴보고 있을 때 기다리던 파넬의 의념이 들려왔다.

─주인님, 이 스킬, 어떻습니까?

가온은 파넬이 추천하는 스킬을 확인했다.

검기폭

등급 : A
상세
─반대 속성의 마나를 이용해서 검기를 폭발시켜 파편을 전방 120도 방위로 비산시킨다.
─응축한 반대 속성의 마나의 종류와 폭발력에 따라서 검기편의 숫자와 비산 속도 그리고 살상 거리가 달라진다.
제한
─다양한 속성의 에너지를 보유하고 능숙하게 다룰 수 있어야 한다.

'이 스킬이 뤼나웜 사냥에 도움이 될 거라는 겁니까?'

─그렇습니다. 주인님은 반대 속성의 에너지들을 다양하게 보유하고 있으니, 크게 마나를 소모하지 않고도 이 스킬을 사용할 수 있고요.

─오빠. 저도 비슷한 생각이에요. 이건 지구의 무기 중 하

나인 크레모아와 비슷한 것 같아요. 뤼나웜은 지표에서 50센티미터 깊이까지 엄청난 밀도로 서식하고 있으니 위에서 아래로 사용할 때 가장 효과적일 것 같아요.

크레모아라고 하니 이해가 쉬웠다. 머릿속으로 비행하면서 검기폭을 사용하는 모습을 생각해 본 가온이 고개를 끄덕였다.

심장과 뇌만 골라서 타격하는 건 아니지만 수백 개의 날카로운 검기의 파편이라면 지하에 서식하는 뤼나웜을 사냥하는 데 무척 유용할 것 같았다.

'음양신공을 익힌 내게는 아주 훌륭한 스킬이긴 하네.'

시간을 들여서 연구를 하면 굳이 구입을 하지 않아도 검기폭 스킬을 만들 수 있을 것 같은 생각이 들었지만 그럴 여유는 없었다.

가온은 곧바로 스킬을 구입했다. 제한이 있어서 그런지 A등급 스킬치고는 저렴한 30만 포인트에 불과했기 때문에 부담스럽지는 않았다.

검기폭을 구입하는 김에 이전까지 익히지 않았던 아이스 마법도 구입하기로 했다.

'맥주를 마실 때도 필요하니까.'

물론 주요한 용도는 뤼나웜을 얼리는 것이다.

아레오와 아나샤는 해가 완전히 지기 직전에야 겨우 돌아왔는데, 힘들었는지 그새 얼굴이 상한 것처럼 보였다.

"고생했어."

지친 얼굴로 보아 건진 게 별로 없는 모양이라 묻지도 않고 따듯하게 안아 주었다.

"하아."

"흐으음."

가온의 품 한쪽씩을 차지한 아레오와 아나샤는 그리웠다는 듯 그의 체향을 한껏 들이마시더니 굳었던 얼굴을 풀었다.

"아무래도 단은 오늘 바쁠 것 같아."

원래 저녁 식사를 같이하기로 했는데 아직 사람이 오지 않았다.

"잘됐네요. 그냥 우리끼리 먹어요. 좀 달달하거나 매콤한 음식이 당기네요."

"지쳐서 더 이상 걷고 싶지 않았는데 잘됐어요. 그런데 여기 음식은 좀 잘하려나?"

"내가 음식을 좀 준비했는데……."

가온은 검기폭을 일정 수준까지 수련했음에도 아레오와 아나샤가 돌아오지 않자 기다리면서 오랜만에 콰르찜을 준비해 두었다.

"온 랑이 직접 요리를 했다고요?"

아레오와 아나샤는 믿을 수 없다는 얼굴이었지만 그가 가리키는 탁자에 놓인 먹음직한 찜 요리를 보고 입을 떡 벌렸다.

"내가 던전에서 사냥한 콰르라는 수생 마수인데 식용이 가능할 뿐 아니라 맛도 아주 뛰어나. 게다가 먹는 것만으로 마나나 마력을 높여 줘."

콰르 찜 요리는 많이 먹기도 했지만 맛을 배가시켜 줄 다양한 향신료가 있었기 때문에 직접 요리한 것은 처음이지만 맛은 자신했다.

"크음. 큼! 맛있는 냄새!"

냄새가 좋은데 맛이 나쁜 음식은 별로 없다는 사실을 잘 알고 있는 아레오가 먼저 포크를 집어 들었다.

아나샤는 사제, 그것도 오랫동안 성녀로 지내오면서 자연스럽게 육식을 최소한으로 섭취했지만, 냄새가 좋아서 그런지 아니면 많이 돌아다녀서 그런지 무척 콰르찜이라는 생소한 요리가 당겼다.

다행하게도 두 사람은 콰르찜 요리에 푹 빠졌다.

"이렇게 맛있는 건 처음 먹어 봐요!"

"고기 자체가 담백하면서도 단맛이 나는데 향신료까지 어우러지니 최상의 요리가 되었네요! 와인하고도 너무나 잘 어울리고요!"

두 사람은 연신 포크로 콰르 살점을 졸인 국물에 찍어서 먹고 있었는데 너무나 행복한 표정을 짓고 있었다.

가온은 만난 지 그리 오래되지 않아서 잘 몰랐지만 본래

식탐이 별로 없었던 두 사람이 이렇게 음식을 맛있게 먹는 경우는 거의 없었다.

콰르찜의 진미를 확인한 두 사람의 포크질은 전투적으로 변했지만 혹시 망칠까 싶어서 두 번에 걸쳐 조리를 했기에 양은 넉넉했다.

대화는 두 사람이 볼록 나온 배를 어루만지며 와인을 홀짝일 때가 되어서야 할 수 있었다.

두 사람 모두 한번 먹기 시작한 후로는 콰르찜을 먹는 데 전념했다.

"아! 궁금했죠?"

"온 랑, 괜찮은 정보 하나를 건졌어요."

말은 아레오가 먼저 꺼냈는데 대답 대신 아나샤가 입을 열었다.

"어떤 정보?"

"얼마 전 바크라에 들어온 전사 중 원소술사가 있대요."

"원소술사?"

"원소술사는 마법사는 아니지만 물, 불, 바람, 땅과 같은 속성력을 사용할 수 있기 때문에 온 랑이 원하는 임무 외에도 원행을 할 때 큰 도움이 돼요. 마법사와 차이는 원소력을 다양하게 사용하지 못하지만 원소력을 최대한으로 끌어낼 수 있다는 거지요."

아레오가 대답을 했다.

"처음에는 듣고 그저 그랬는데 원소술사라면 뮈나웜을 사냥하는 데 도움이 될 것 같더라고요."

생각해 보니 아나샤의 말에도 일리가 있었다. 대지를 거세게 흔들거나 뒤집어서 뮈나웜을 밖으로 튀어나오게 할 수 있어서 자신이 새로 익힌 검기폭 스킬이 아니더라도 아레오가 윈드커터를 이용해서 놈들을 처리할 수도 있었다.

"그런데 벌써 의뢰를 받은 것 같아요. 상인들이 고용하려고 했더니 이미 의뢰를 받았다는 이유로 거절을 했다네요."

"아깝긴 하지만 할 수 없지. 그런데 원소술사가 많이 희귀해?"

"마법사나 사제보다 훨씬 더 희귀하긴 해요."

만약 이 세계가 탄 차원처럼 정령계와 연결이 되어 있다면 정령사가 되지 않았을까 싶었지만 더 이상 관심이 가지는 않아 이번에는 아레오에게 시선을 주었다.

"제가 알아본 일은 잘 안 됐어요. 기대를 했는데 근처에 알려진 미공략 던전은 없더라고요. 그래도 개인적으로 알고 있는 마법사들이 이곳에 머무르고 있다는 소식을 들었으니 내일은 그쪽을 알아볼게요."

"둘 다 고생했어. 나도 단을 만나면 넌지시 던전에 대해서 알아보도록 하지."

이 근처의 던전을 꼭 찾아야 하는 건 아니다. 조금 많이 움직여야 하지만 아레오가 알고 있는 던전도 있으니 말이다.

"그나저나 마운틴트롤과 다크오우거의 사체를 처리해야
하는데 어떻게 하면 좋을까?"

"그건 제게 맡겨 주세요. 연금 마법사 길드에 경매를 요청
하면 높은 가격으로 처리할 수 있어요. 시일이 촉박해서 좀
손해는 보겠지만요."

아레오가 의욕적으로 대답했다.

"그 정도 손해야 큰 상관은 없어. 저녁도 든든하게 먹었으
니 한가롭게 시장 구경이나 가 볼까?"

"좋아요!"

두 여인은 언제 지친 얼굴을 했느냐는 듯 밝은 얼굴이 되
어 소리쳤다.

다음 날 아침.

전날 저녁에 사람을 보내 소식을 전했던 것처럼 이른 시간
에 단이 직접 찾아왔다.

"어제저녁 약속을 어겨서 죄송합니다. 거래를 요청하는
이들이 워낙 많아서 시간을 낼 수가 없었습니다."

"사과할 필요는 없소. 대충 사정은 짐작하고 있었으니까."

단이 찾아오지 않아서 오히려 셋이서 오붓하게 시간을 보
낼 수 있었기에 전혀 서운하거나 화가 나지 않았다.

"온 님의 넓은 아량에 감사드립니다. 먼저 약속한 것부터
드리겠습니다. 1천 금을 더 넣었습니다."

단은 한눈에도 묵직해 보이는 가죽 자루를 건네주었는데 주둥이를 열어 보니 금편이 가득했다. 처음에 단이 제시했던 1만 금의 절반인 5천 금에 1천 금을 더해 6천 금이나 된다.

아레오와 아나샤도 각각 250금씩을 받고 희희낙락했다.

나중에 들었는데 아레오는 이렇게 단기간에 이 정도의 큰 보수를 받아 본 적이 없었고, 아나샤는 아예 이런 거금을 가져 본 적이 없다고 했다.

"거래는 잘됐소?"

"온 님 덕분에 셋으로 나누고도 굉장히 많은 수익을 올릴 수 있을 것 같습니다."

대답을 들어 보니 거래를 완전히 마무리한 것이 아닌 모양이다.

"그런데 정말 같이 안 돌아가시렵니까?"

아무리 오는 길에 출몰하는 마수와 몬스터 대부분을 썰어 버렸고 달리아트족 전사를 포함해서 호위가 300명이라고 해도 가온만큼 든든하지는 않았다.

"우리는 늦어도 모레 출발할 생각인데, 맞출 수 있겠소?"

단이 원한다면 하루 정도는 더 기다릴 수 있었기에 한 제의였지만 단은 힘없이 고개를 저었다.

연합 상단은 이곳에서 식량을 큰 이윤을 남기고 정리를 한 후 돌아갈 때 알레랑에서 고가에 판매할 수 있는 물품인 이곳의 무구들을 대량으로 구입할 생각이기에 시간이 더 필요했다.

"아쉽지만 할 수 없지요. 그런데 오늘 점심에 바크라 시티의 시장이 식사에 초대했습니다. 온 님은 물론 두 분도 함께요."

"우리를 말이오?"

"네. 온 님과 얘기를 나누고 싶어 하십니다."

가온은 바로 대답을 하지 않았다.

식사에 초대한 이유는 알 수 없었지만, 권위 의식에 가득 찬 귀족을 만나고 싶지도 않았고 격식을 차리는 자리에 참석하는 것이 귀찮은 것이다.

"온 랑, 간만에 제대로 된 음식을 즐기고 오세요. 아레오와 저는 아침을 먹고 나가 봐야 해요."

"헤인트 시장은 원래 행정관 출신이라 온 님이나 두 분을 곤란하게 만들지는 않을 겁니다."

"아레오와 아나샤가 괜찮다면 그렇게 하겠소."

가온의 말에 아레오가 잠깐 고민을 하더니 아나샤를 설득했다.

"언니, 우리도 같이 가요."

"우리도 가자고?"

"네. 언니 말대로 제대로 된 음식을 즐길 기회잖아요. 그리고 시장을 통하면 원소술사를 쉽게 구할 수도 있고요."

어제 반나절 가까이 돌아다녔지만 별다른 수확을 얻지 못했던 아나샤는 아레오의 제의에 귀가 솔깃했다. 그녀의 말대로만 된다면 괜히 고생할 필요가 없었다.

"그럼 그럴까."

그런데 그때 단이 눈을 빛내며 입을 열었다.

"혹시 원소술사가 필요하십니까?"

"그렇소."

"다른 상행의 호위를 맡아서 나흘 전에 먼저 이곳에 들어온 달리아트족 전사 중에 뛰어난 원소술사가 있습니다."

"호오. 정말이오?"

"그렇습니다. 야쿰바 대전사장의 동생이라고 들은 것 같은데 놀란 상단주의 말에 따르면 실력이 아주 뛰어나서 상행 내내 도움을 많이 받았다고 했습니다."

"그럼 당장 만나 볼 수 있겠소?"

"그럼 같이 가시지요. 아침 식사도 하면서 야쿰바에게 물어보면 됩니다."

"아니, 사람을 보내 야쿰바와 그 원소술사를 오게 하시오. 단 상단주는 이곳에서 우리와 함께 식사를 하고."

"네?"

"안 그래도 상단주를 위해 아레오와 아나샤가 아침을 준비하려고 했었소."

지금 단의 얼굴은 극심한 피로에 엉망인 상태였다. 눈빛은 형형했지만 눈은 쑥 들어가 있었고 다크서클이 짙게 떠오른 얼굴에는 핏기가 별로 없었다.

"우리 온 랑이 던전에서 사냥한 콰르라는 고기를 찜으로 요리하려고 해요. 전사의 경우 마나의 양을 늘려 주고 보통 사람의 경우에는 오랫동안 쌓인 피로를 단숨에 풀어 주는 놀라운 효능을 가지고 있어요."

"그, 그게 정말입니까?"

단은 아나샤의 말을 믿기가 힘든 얼굴이었다.

"우리 얼굴을 봐요."

그러고 보니 오늘따라 유난히 아레오와 아나샤가 아름다웠다.

피부도 광택이 나는 것 같았고 움직임도 무척 가벼워 보였다.

"어제저녁에 콰르찜을 먹었는데 아침에 일어나니까 몸이 너무 가볍고 개운하더라고요. 영약이 따로 없어요. 안 드시면 후회할 거예요."

콰르찜뿐 아니라 밤늦게까지 뜨겁게 사랑을 나눈 결과이기도 하지만 그것까지는 말할 필요가 없었다.

당장 자신의 경우 신성력이 눈에 띄게 증가했고 아레오 역시 마찬가지였다.

안 그래도 오랜 상행과 어젯밤 늦게까지 이어진 거래 때문에 잠을 거의 자지 못한 상태라서 눈만 감으면 쓰러질 것 같았던 단은 아나샤의 권유를 뿌리칠 생각이 전혀 없었다.

단은 바로 수행원에게 야쿰바와 원소술사를 찾아서 이곳
으로 데려오라는 지시를 내리고 마침 아레오가 타 온 차를
마시기 시작했다.

던전

　전날 아나샤와 아레오가 놀랐던 것처럼 단과 야쿰바 그리고 차링은 일단 콰르찜의 맛을 보더니 정신없이 먹기 시작했다.

　특히 야쿰바는 콰르찜을 한 점 먹고 나서 곧바로 마나 증진 효과를 확인하더니 접시에 아예 코를 박을 정도였다.

　덕분에 대화는 족히 10인분은 넘을 것 같은 콰르찜이 흔적도 없이 사라지고 나서야 시작될 수 있었다.

　"감사해요. 이렇게 맛있는 고기는 처음 먹어 봐요. 게다가 원소력까지 증가하다니 정말 놀랐어요."

　야쿰바의 막냇동생이라는 차링이 입술에 묻은 기름을 천으로 닦으며 말했다.

"저도 감사합니다. 사냥이나 의뢰 때문에 꽤 많은 곳을 다녀 봤지만 이렇게 맛있는 요리는 처음입니다. 게다가 먹는 것만으로 마나의 양이 늘어나다니 정말 놀랐습니다."

"온 님, 혹시 콰르 고기에 여유가 좀 있을까요? 이것만 있으면 은퇴하지 않고 10년 정도는 더 상행을 할 수 있을 것 같습니다."

단도 콰르 고기에 단단히 반했다. 희한하게도 먹는 것만으로 푹 자고 일어난 것처럼 몸이 가뿐해지고 두통까지 말끔히 사라져 버린 것이다.

"하하하. 아쉽게도 이게 마지막이오."

쓸데없는 희망은 끊어 주는 것이 나았다. 괜히 자신에게 이런 것이 있다고 알려지면 골치가 아플 것 같았다.

"정말 안타깝습니다. 천금을 주고라도 샀으면 좋겠는데……."

그렇게 말하면서 눈치를 보는 것을 보면 정말 구입하고 싶은 모양이지만 가온은 그 눈길을 무시했다.

"차링이 원소술사라면서요?"

차링은 천생 전사인 야쿰바나 다른 달리아트족 전사처럼 키는 컸지만 체형은 달라서 다소 마른 몸매에 따뜻한 눈빛과 미소가 특히 아름다운 아가씨였다.

"네. 저와 다른 일족들과는 달리 차링은 엘프의 피가 짙은 것 같습니다."

차링 대신 야쿰바가 자랑스러운 얼굴로 대답을 했다.

이곳의 전설에 따르면 엘프는 정령술을 발휘하지는 못하지만 원소력을 자유자재로 사용했다고 하는데 마법사들보다 더 고차원적인 마법 현상을 만들어 냈다고 한다.

"어느 정도인지 확인할 수 있겠소?"

원소술사라고 무조건 고용을 할 수는 없었다.

"이곳에서요?"

"그렇소. 혹시 찬 바람을 불게 할 수 있겠소?"

바람은 원소력에 해당하지만 '찬'이라는 조건이 추가되는 경우도 가능할지 모르겠다.

만약에 가능하다면 무조건 영입을 해야만 했다.

'아레오와 아나샤에게는 좀 아쉬운 일이지만 차링이 정말 그런 능력이 있다면 바로 뤼나웜 토벌을 시작할 수 있어.'

가온은 크게 기대를 하면서 차링을 주시했다.

"가능해요, 그럼."

차링이 양손의 검지를 이마에 대는가 싶더니 잠시 후에 별채 앞마당에 바람이 만들어졌고 이내 몸이 오싹할 정도로 차가운 바람이 마치 회오리치듯 이리저리 움직였다.

'벼리야, 이 정도면 어떨까?'

-작은 공간이기는 하지만 온도를 순식간에 영하로 떨어뜨리는 것을 보면 쓸 만할 것 같아요.

지하 70센티미터 깊이까지 얼릴 정도는 아니지만 뤼나웜의 움직임을 급격히 둔화시킬 정도이니 큰 도움이 될 것 같았다.

"훌륭한 능력이오. 혹시 나와 계약을 할 의향이 있소?"

"어떤 일인가요?"

"내용은 나중에 자세하게 설명해 주겠지만 어느 지역을 장악한 뤼나웜을 사냥하는 일이오. 물론 차링이 직접 뤼나웜을 사냥할 필요는 전혀 없소. 지금처럼만 해 주면 되오. 대신 기한은 100일간이오."

가온은 마음속으로 잡은 목표에 근접한 시간을 조건으로 내세웠다.

"뤼나웜요?"

차링 대신 야쿰바가 놀란 얼굴로 물었다.

"그렇소. 차링이 찬 바람으로 뤼나웜의 활동성을 떨어뜨리면 아나샤의 축복을 받은 나와 아레오가 뤼나웜을 처리할 생각이오."

"그럼 저도 함께 고용해 주십시오! 아니, 저는 그냥 무보수로 함께하겠습니다!"

뤼나웜 얘기가 나오자 급격히 흥분한 야쿰바가 그렇게 외쳤다.

보수는 아예 거론하지도 않고 이렇게 적극적으로 반응하는 모습을 보니 아무래도 뤼나웜과 얽힌 무슨 일이 있는 모양이다.

"야쿰바는 연합 상단과 왕복 상행을 조건으로 호위 계약을 한 거 아니오?"

"아!"

잊고 있었던 사실을 떠올린 야쿰바가 곤혹스러운 얼굴이 되어 단을 쳐다봤다.

"미안하지만 호위 계약을 파기해 줄 수는 없소. 온 님도 없는데 야쿰바까지 빠져 버리면 상행이 너무 위험하니까."

단의 말에 곤혹스러운 얼굴로 눈을 질끈 감았던 야쿰바가 잠시 후 눈을 떴다.

"저와 같은 대전사장인 카리치가 대신 전사들을 이끌 겁니다. 그리고 추가 보수 없이 전사 50명이 추가될 겁니다. 안 되겠습니까?"

"카리치라면 알펜 상단을 호위했던 귀 일족의 대전사장?"

"맞습니다. 알펜 상단은 이곳에 본점이 있어서 계약이 끝난 상태입니다."

잠시 고심하던 단은 결국 고개를 끄덕였다.

그 역시 카리치라는 전사가 야쿰바와 마찬가지로 대전사장이며 뛰어난 실력자라는 사실을 들어 잘 알고 있었거니와, 그동안 동행을 하면서 흥분하는 모습을 몇 번 보지 못했던 야쿰바가 뤼나웜 애기에 급격히 흥분하는 모습을 보고 그의 제안을 받아들이기로 한 것이다.

덕분에 가온은 두 사람과 각각 1천 금에 계약을 할 수 있었다.

　시장과의 식사 자리는 특별한 의미가 없었다. 헤인트 시장
은 능력 있는 사람들과 대화하기를 좋아하고 모험과 관련된
얘기를 좋아하기에 이런 식사 자리가 많다고 했다.
　그렇다고 식사 자리가 가온에게 큰 의미가 없었던 건 아니
었다.
　대화를 하다가 자연스럽게 언급이 된 다크오우거와 마운
틴트롤 사체를 시장이 직접 통상 가격보다 훨씬 높은 가격으
로 구입하기로 했다.
　알고 보니 행정관 출신인 시장은, 뤼나월으로 인해 촉발된
혼란 상황에서 바크라 시티를 장악했지만, 자금력이 달려서
시 차원의 수익 사업을 고민하고 있었는데 희귀하면서도 가
치가 높은 다크오우거와 마운틴트롤의 사체 얘기가 나오자
사들이기로 한 것이다.
　그렇게 이곳에서 처리해야 할 일이 점심 식사 전까지 모두
해결이 되어 버렸다. 그래서 식사를 마치고 나오는 가온의
마음은 가벼웠다.
　'내일부터 당장 뤼나월 사냥을 시작해야겠군.'
　던전에 들어가지 못하게 된 것은 안타까운 일이지만 원소
술사인 차링이 합류한 상황이고 아레오가 말한 던전까지 가
려면 족히 열흘은 걸려야 하니 어쩔 수 없는 일이다.

그런데 여관에 도착한 지 얼마 되지 않아서 차링과 함께 온 야쿰바가 뜻밖의 얘기를 해 주었다.

"여기서 이틀 거리에 던전이 있단 말입니까?"

"네. 다른 상행으로 호위했던 카리치 쪽 전사들이 발견했답니다. 멀긴 했지만 다크오우거들이 나오는 모습을 분명히 봤다고 했습니다."

"그곳이 어디죠?"

아레오의 물음에 야쿰바가 지도를 꺼내 한 곳을 짚었다.

"음. 중간에 험준한 산이 하나 있지만 우리가 다크오우거 4마리를 사냥한 곳과 반나절 거리네요."

아레오가 바로 그곳을 알아보았다.

"그럼 다크오우거가 변이된 것이 아니라 던전에 서식하던 놈들이라는 거군."

"어쩐지. 변이라는 게 그렇게 빠르게 진행되는 것이 아닌데 개체도 아니고 가족 단위라서 이상했어요. 우리가 아는 것보다 훨씬 이전에 던전이 생성된 것이 아니라면 다크오우거는 던전에서 나온 게 맞아요."

아나샤가 깔끔하게 결론을 내려 주었다.

"그럼 당장 던전으로 가야겠네."

"이미 시간이 늦었으니 내일 출발해요."

"말도 구해야 해요. 여행 장비도요."

던전 때문에 마음이 너무 급했다. 가온은 자신의 성급함을 인정하고 일행과 함께 필요한 물건들을 구입하기 위해서 여관을 나섰다.

다음 날 정오 무렵, 가온 일행은 험준한 산기슭에 도착해 있었다. 전력으로 달려왔기에 반나절 이상 시간을 줄일 수 있었다.

잘 훈련이 되어 어지간한 일이 아니면 도망치지 않을 말들을 근처에 풀어놓은 가온 일행은 곧바로 산을 오르기 시작했다.

길은 한눈에도 알 수 있었다. 던전에서 나온 다크오우거들이 지나가면서 부러뜨린 나무들이 길을 알려 주고 있었기 때문이다.

산을 오르길 10여 분 후, 마침내 가온의 눈에 익숙한 게이트가 들어왔다.

"저곳이구나!"

그나마 편평하고 넓은 곳에서 숲을 이루고 있었던 나무 수십 그루가 부러져 있었는데 그 중앙에 던전 특유의 게이트가 있었다.

"잠시 쉰 후에 진입합시다."

쉬는 김에 간단하게 빵과 육포로 식사를 했다.

"온 랑, 안에 다크오우거가 몇 마리나 있을까요?"

아레오가 물을 마시며 물었다.

"게이트가 그대로 남아 있는 것을 보면 확실히 몇 마리는 안에 남아 있을 거야."

탄 차원의 던전을 기준으로 하면 안에는 보스를 포함해서 다크오우거 몇 마리는 분명히 남아 있을 것이다.

던전을 시한 내에 공략하지 못해서 던전 브레이크가 발생할 경우 보스를 포함해서 던전에 서식하는 주요한 마수나 몬스터가 일정 비율 아래로 떨어지면 게이트가 닫혀 버린다. 그리고 던전은 사라졌다가 얼마 후 내부에 마수와 몬스터를 채운 상태로 다시 나타난다.

'어쩌면 우리에게는 더 좋은 상황일 수도 있지.'

다크오우거는 가온에게나 만만한 상대이지 나머지 일행에게는 감당할 수 없는 최상급 몬스터다.

그러니 숫자는 적을수록 좋다. 숫자가 적다고 해서 던전 클리어에 따른 보상이 줄어들지는 않을 테니 말이다.

문제는 기여도다. 던전 공략에 기여한 업적에 따라서 갓상점에 대한 접속권과 명예 포인트를 받을 수 있으니 네 명이 골고루 기여하도록 조절을 해야만 했다.

'뭐 어떻게든 되겠지.'

보스의 전투력이 변수이기는 하지만 아나샤 덕분에 신성력이 100만 이상으로 높아진 상태라 혼자라도 던전을 공략할 자신이 있었다.

던전 안은 드문드문 숲이 자리한 넓은 초원이 펼쳐져 있었다.

"완전히 독립된 공간이구나!"

아레오가 던전 안을 보더니 탄성을 터트렸다. 던전 밖은 험준하고 높은 산기슭이었는데 들어와 보니 지평선까지는 아니지만 거대한 초원이 펼쳐져 있었기 때문이다.

작은 숲이 곳곳에 있기는 하지만 높고 험준한 산들만 보다가 이렇게 넓은 초원을 보니 가슴이 시원해지는 것 같았다.

야쿰바와 차링도 던전에 들어온 것은 처음인지라 주위를 둘러보는데 정신이 팔려 있었다.

"온 랑, 우트님과의 연결이 약해졌어요."

아나샤의 얼굴이 심각해졌다.

"성물을 이용하면 되니까 너무 걱정하지 않아도 돼."

"그렇지만……."

자신이 가진 힘에 한계가 있다고 생각하니 가온의 말에도 걱정을 떨치기 힘든 모양이다.

"아나샤가 신성력을 모두 소진하기 전에 던전을 공략할 수 있어."

"알았어요. 온 랑만 믿을게요. 그런데 생각보다 훨씬 넓은 공간이네요."

아나샤는 이 안에 남아 있을 다크오우거들을 어떻게 찾을지가 걱정이었다. 가온이 던전의 끝이라고 말했던 불투명한

막까지는 걸어서 족히 일주일 이상 걸릴 것 같았던 것이다.

'아무래도 카오스에게 부탁해야겠네.'

추가 보상을 조금 포기하더라도 그러는 편이 낫다. 시간을 크게 줄일 수 있으니 말이다.

그런데 그때 차링이 이상한 행동을 했다. 느닷없이 하드레더의 가슴 부위를 벌린 것이다.

아레오와 아나샤도 그렇지만 가온도 그녀의 행동에 많이 놀랐다.

"어멋! 그건 뭐니?"

밝은 회색 털을 가진 동물 두 마리가 차링의 품에서 머리만 내놓고 주위를 둘러보고 있었는데 홍옥처럼 빨간 눈과 촉촉하게 젖은 코 그리고 하얗게 긴 수염을 가지고 있어 아주 귀여웠다.

"에펫이라고 부르는 설치류예요."

차링이 특이한 냄새를 감지했는지 코를 씰룩거리는 에펫들에게 견과류로 보이는 먹이를 주며 아레오의 질문에 대답했다.

"마수로 보이는데 잘도 길들였네."

아나샤의 말에 마나를 방사해 보니 과연 심장에 마정석이 있었다.

"낳은 지 몇 시간도 안 되어 어미가 죽어서 제가 키웠어요."

"아무리 그래도 마수는 마수인데……."

마수는 길들일 수 없다는 것이 상식이다.

"그건 저도 잘 모르겠어요. 아무튼 에링과 타링은 저에게는 친구와 같은 존재이고 의사소통도 가능해요."

이름까지 자신과 비슷하게 붙인 것을 보면 굉장히 공을 들여서 키운 것 같았다.

"정말?"

아나샤는 진심으로 놀랐다.

"네. 에링과 타링은 제 말을 알아듣고 수염과 꼬리의 움직임 그리고 울음소리로 표현을 해요."

"신기하네."

그렇게 말하면서 아나샤가 손을 내밀자 에링과 타링은 두렵다는 듯 머리를 떨면서 이빨을 드러내더니 차링의 품속으로 쏙 들어가 버렸다.

"이상하군요. 에링과 타링은 붙임성이 무척 좋아서 처음 보는 사람들에게도 쉽게 다가가는 편인데, 이렇게 두려워하는 건 처음 봅니다."

야쿰바의 말이 맞았다. 아레오가 손을 내밀자 차링의 품에서 나와 그녀의 팔뚝을 타고 순식간에 어깨까지 올라간 것이다.

에펫들은 크기가 작지는 않았다. 족제비나 담비 정도는 되는 것 같았지만 아레오의 표정을 보아 무척 가벼운 것 같았다.

이번에는 가온이 손을 내밀어 보았다.

에펫들은 잠깐 주저하는 것 같더니 이내 가온의 손으로 옮겨 왔는데 누가 봐도 그 행동이 조심스럽게 보여서 굉장히 주눅이 든 모습이었다.

'에링, 타링, 내 말이 들리니?'

ㅡ무섭다. 따듯하다. 도망치고 싶다. 손길을 받고 싶다.

ㅡ무서우면서도 친근한 이상한 인간.

혹시 몰라 의념을 보냈더니 놀랍게도 녀석들 역시 의념을 보내왔는데 혼란스러운 것 같았다.

'내 이름은 가온이다. 혹시 뭘 좋아하니? 과일? 아니면 고기?'

ㅡ둘 다 좋다.

ㅡ나도.

외모가 귀엽기도 했지만 재미있다는 생각이 들었다.

'처음 만난 기념으로 너희를 강하게 해 줄 수 있는 고기를 주마.'

가온은 콰르 고기 한 덩이를 꺼내 바닥에 내려놓았다. 주먹 서너 개 크기였다.

에펫들은 바로 가온의 다리를 타고 내려가 고기의 냄새를 맡고 혀로 핥아 보더니 이내 무서운 속도로 먹기 시작했다.

"어멋! 얘들이 이렇게 정신없이 먹는 건 처음 봐요!"

오랫동안 에펫들을 키워 온 차링이 신기한 눈을 쳐다보았다.

"온 랑, 이 귀여운 녀석들이 마수라서 절 피한 것이고 능력을 높여 주는 콰르 고기의 진가를 알아본 걸까요?"

그렇게 묻는 아나샤는 귀여운 녀석들이 자신에게만 안 오는 것이 좀 서운한 얼굴이었다.

"맞아. 의념을 보내 봤는데 대답을 하더라고. 굉장히 영리한 녀석들이야."

"의념 대화를 시도해 봤다고요? 그게 가능해요?"

'가능하더라고. 지금 당신에게 보내는 것도 의념이야.'

"아!"

아나샤가 깜짝 놀란 얼굴로 가온을 쳐다보더니 고개를 끄덕였다.

─이런 게 가능할지 몰랐어요. 고서에서 읽은 내용에 의하면 정신 능력이 굉장히 높아야 이런 식으로 자신의 의지를 다른 이들에게 전할 수 있다고 했는데. 역시 온 랑은!

말은 그렇게 했지만 아나샤 역시 의념 대화를 할 수 있는 능력의 보유자였다.

─호호호. 앞으로 아레오 앞에서 하기 어려운 얘기는 이렇게 의념을 해야겠어요.

'그렇게 해. 하지만 아레오가 알면 서운할 수 있으니 어지간하면 하지 말자고.'

－그 정도는 저도 알아요.

그러는 사이에 그 큰 콰르 고기가 사라져 버렸다. 에링과 타링은 몸집과 달리 식욕도 왕성하고 먹는 양도 많았다.

"차링, 이 아이들에게 특별한 능력이 있소?"

"네. 한번 맡은 냄새는 잊지 않아요. 그래서 사냥을 할 때 아주 유용해요."

"정찰도 잘합니다. 가끔 꿀이나 좋아하는 먹이에 홀려서 목적을 잊어버리는 경우가 있기는 하지만 길을 앞서가면서 위험한 존재를 잘 찾아냅니다."

차링이나 야쿰바는 이미 이 녀석들의 능력을 잘 파악하고 있었다.

"그럼 이 에펫들을 이용해서 다크오우거를 찾으려고?"

"네. 이번 상행을 호위하면서 직접 다크오우거를 보지는 못했지만 놈들이 남긴 흔적을 통해서 냄새는 기억해 두었을 거예요. 그렇지?"

차링의 말에 정말로 에펫들은 알아들은 것처럼 머리를 주억거렸다.

"호호호. 정말 신기하네. 아무튼 이렇게 되면 시간을 절약할 수 있겠네. 그런데 너무 넓은데……."

아레오의 말처럼 던전이 넓기는 했다. 게다가 시야에 들어오는 건 높이 자란 풀고 간간이 보이는 작은 숲들이 전부였다.

콰르 고기를 다 먹어 치운 에펫들은 잘 보이려는지 가온의 바지를 타고 순식간에 올라와서 어깨 위에 자리를 잡더니 목에 얼굴을 묻고 비비고 있었다.

'에링, 타링, 이 안에서 어떤 냄새들이 나지?'

- 많은 냄새.

- 굉장히 많다.

질문이 잘못되었다. 아무리 의사소통이 가능하다고 해도 이 녀석들은 인간이 아니니 단순화시켜야만 했던 것이다.

'다크오우거?'

- 냄새 많이 난다.

'사슴은?'

- 아주 오래된 냄새다.

'오크는?'

- 많이 난다.

- 조금 오래된 냄새다.

역시 이곳에는 오크들도 있었다. 먹이가 다 사라져서 던전 밖으로 빠져나갔을 테고.

던전 내부의 먹잇감이 모두 사라져서 던전을 나간 것인지 아니면 다른 이유가 있는지는 알 수 없지만 다크오우거들은 먹이인 오크를 쫓아서 던전을 나간 것이 틀림없었다.

에링과 타링에게 얻은 정보를 사람들에게 알려 주자 굉장히 신기해했다.

특히 차링의 경우 의념대화를 배우고 싶어서 어쩔 줄 몰라 하는 얼굴이었다.

"차링, 내가 이 아이들에게 부탁을 해도 되겠소?"

"물론이에요."

가온은 에링과 차링에게 다크오우거들을 찾아 줄 것을 부탁한 후 보상으로 방금 먹은 콰르 고기를 주겠다고 했다.

－좋다! 고기 맛있다. 몸을 더 크게 해 준다.

－맞다! 힘도 세진다. 다크오우거 빨리 찾는다!

영리한 녀석들인 만큼 콰르 고기가 어떤 효과를 가지고 있는지 바로 알아차린 것이다.

에링과 타링은 가온의 발밑으로 내려와서 대기 중의 냄새를 맡는 것 같더니 이내 한 방향으로 달려갔는데 길게 자란 풀 때문에 순식간에 사라져 버렸다.

"만약에 다크오우거를 찾으면 쟤네들이 되돌아오는 거야?"

아레오가 차링에게 물었다.

"네. 에링과 타링이 굉장히 빠르거든요. 새보다 더 빠를걸요."

"그래도 우리는 걸어가야겠네."

상행 호위 등 경험이 많은 아레오였지만 자신의 키만큼이나 긴 풀을 헤치고 걷는 것을 생각하니 아득한 모양이다. 말은 안 해도 약속이나 한 듯 가벼운 한숨을 내쉬는 것을 보니 아나샤도, 야쿰바도, 차링도 같은 생각인 것 같았다.

"풀들이 아주 억세군. 이럼 헤치고 나아가기가 힘드니 베면서 이동해야 하는데, 아무래도 고생 좀 하겠네."

야쿰바가 다양한 종류의 풀들을 확인하면서 인상을 찡그렸다. 가시가 나거나 날카로운 잎을 가진 풀들이 많아서 방어구를 착용했다고 해도 상처가 날 것 같았다.

사실 이런 곳의 풀들을 무시하면 안 된다. 더구나 성인의 어깨높이를 훌쩍 넘기는 이런 풀숲은 시야가 확보되지 않아서 몇 보 앞의 상황도 알기가 힘들었다.

다들 야쿰바와 같은 생각을 했는지 나직이 한숨을 쉬었다.

그때 가온이 아공간에서 무언가를 꺼냈고 무심코 그가 꺼낸 물건을 쳐다보던 일행의 눈이 화등잔처럼 커졌다.

가장 먼저 관심을 보인 것은 아레오였다.

"온 랑, 그게 뭐예요?"

"이건 날개인데 이 뼈 구조물은 뭐지?"

아나샤 역시 큰 관심을 보였다.

가온은 말없이 미소를 지으며 날개를 몸에 장착했다. 본래 투명 상태지만 사람들이 볼 수 있도록 제한을 푼 것이다.

"정말 날 수 있는 거예요, 온 랑?"

"맞아. 날 수 있어."

추가 보상 때문에 매직 아이템 사용은 최소화하려고 했지만 길을 여는 귀찮음을 피하고 시간을 단축하려면 투명 날개는 필수였다.

가온은 직접 투명 날개를 장착한 상태에서 가볍게 발을 구르더니 날개를 힘차게 움직여 하늘로 비상했다.

"와아아아!"

가온은 마치 거대한 새처럼 힘차게 날개를 움직여 순식간에 높이 날아 올라갔고 그 모습에 아레오를 비롯한 일행은 경악했다. 이런 아이템이 있다는 말은 한 번도 들어 보지 못했다.

"세상에!"

"어떻게 저런 아이템이!"

네 사람은 자신들의 상식을 뛰어넘는 광경에 입을 떡 벌렸다. 인간이 새처럼 자유롭게 날다니. 눈으로 보면서도 쉬이 믿기지가 않았던 것이다.

'틀림없이 던전에서 얻은 아이템일 거야.'

'대체 온 랑이 들어갔던 던전은 어떤 곳이었던 거야?'

비행이 가능한 아이템에 대해서는 들어 본 적이 없기 때문에 투명 날개가 던전에서 얻은 것이라고 굳게 믿는 아레오와 아나샤는 던전에 대한 호기심이 더욱 강렬해졌다.

와이번보다 훨씬 더 빠르고 자유롭게 비행을 하던 가온은 금방 다시 일행이 있는 곳으로 내려왔다.

"온 랑, 그, 날개를 저도 사용할 수 있나요?"

아레오가 조심스럽게 물었다.

"아쉽지만 소유자 인식이 된 상태라서 불가능해."

아레오는 물론이고 다른 세 사람의 눈빛이 너무 뜨거워서 잘못 대답을 했다가는 예기치 않은 추락 사고가 발생할 것 같아서 아예 차단해 버렸다.

"야쿰바, 혹시 이런 것을 만들 수 있겠소?"

가온은 손가락으로 바닥에 그림을 그려 설명을 해 주었다.

"이 막대기가 달린 가죽을 에링과 타링의 몸에 부착할 생각이신 겁니까?"

야쿰바는 그림만 보고도 그것의 용도를 바로 짐작했다.

"그렇소. 두 아이가 다크오우거의 본거지를 찾으면 녀석들에게 이것을 부착하고 우리는 하늘을 날아서 쫓아갈 생각이오."

가죽은 두 에펫의 몸에 부착하고 거기에 달린 긴 막대기의 끝에는 멀리서도 잘 보이는 색상의 깃발을 달 생각이다.

"……우리 모두가 하늘을 비행한단 말입니까?"

"새처럼요?"

"저것을 이용할 것이오."

가온이 야쿰바와 차링의 물음에 바닥에 놓여 있는 간단한 구조물을 가리켰다.

"그, 그럼 온 랑이 저 구조물을 몸에 고정한 후 우리 네 사람을 태우고 날아오를 수 있다는 거예요?"

역시 연상력이 풍부한 아레오가 머릿속에 그림을 그리더

니 놀란 얼굴로 물었다.

"우리 네 사람의 몸무게를 감당하고 날 수 있다고요?"

"응. 가능해. 오크 4마리까지는 가능하더라고."

가온의 대답에 물었던 아레오와 아나샤가 입을 떡 벌렸다. 인간보다 훨씬 더 무거운 오크 4마리를 매단 채 비행이 가능했다는 말의 의미를 알아차린 것이다.

"······그 날개가 신기하긴 한데 어쩐지 믿어지지가 않아요."

차링이 멍한 얼굴로 그렇게 말했지만 가온은 이미 구조물을 가지고 왔다.

"다들 와서 여기에 있는 가죽끈에 몸을 꼼꼼하게 고정해요. 묶는 건 내가 할 테니까."

가온이 그렇게 말했지만 얼이 빠진 사람들은 한참이 지나서야 가온이 요구하는 대로 행동했다.

공략

    네 사람의 몸이 고정된 구조물을 자신의 몸과 단단히 연결한 가온이 잠깐 달리다가 강하게 날갯짓을 해서 순식간에 하늘로 날아올랐다.

    "화아! 미쳤다!"

    "끼아아악!"

    "어허허! 어허허!"

    몸이 붕 뜨는 순간 더럭 겁이 난 아나샤는 그냥 눈을 감고 있었고, 아레오는 몸이 바람을 가르고 나는 기분을 만끽했으며, 차링은 비명을 질렀다. 그리고 야쿰바는 웃는 건지 우는 건지 알 수 없는 얼굴로 이상한 소리를 내고 있었다.

    하지만 그것도 잠시, 네 사람은 바람을 가르는 생소한 감각에 적응하기 시작했다.

호기심이 많은 아레오는 두 팔을 벌리고 자신이 새가 된 기분을 즐기기까지 했다.

현재 고도는 대략 200여 미터였지만 지상의 사물은 무척이나 작게 보였다.

그럼에도 불구하고 가온은 에링과 타링의 몸통에 고정시켜 놓은 3미터 높이의 창대에 매달린 깃발을 정확하게 보면서 비행하고 있었다.

'진짜 엄청 빠르네.'

체구는 작지만 에링과 타링은 시속으로 따지면 대략 150킬로미터에 달할 정도로 빨리 움직이고 있었다.

물론 그걸 따라잡는 건 어렵지 않았다. 지금 능력으로 최대한 빠르게 비행하면 배는 더 빠르게 날 수 있었기 때문이다.

'현재 쟤들의 속도를 고려하면 대략 30분 거리야.'

녀석들은 출발하고 1시간을 조금 넘긴 시간에 되돌아왔으니 그런 계산이 나오는 것이다.

가온이 그런 생각을 하는 동안 의외로 겁이 많았던 아나샤도 평생 처음 경험하는 비행의 재미에 푹 빠진 얼굴이 되어 아이처럼 천진난만하게 웃으며 두 팔이 날개가 된 듯 힘차게 퍼득였다.

생각 같아서는 곡예비행이나 급선회 비행의 재미까지 맛보게 해 주고 싶었지만 그럴 수는 없었다.

에펫들의 등에 고정된 깃대 위에 펄럭이는 깃발이 붉은색이라서 눈에 잘 띄기는 하지만 집중을 풀면 순식간에 놓쳐버릴 것이다.

그렇게 20여 분 정도 날아간 가온이 부드럽게 선회를 하면서 지상으로 내려갔다.

주위에서는 꽤 높은 언덕이라고 할 수 있는 그곳에는 다른 곳과 달리 짧은 풀들이 자라고 있었는데, 에펫들은 털을 빳빳하게 세우고 한 방향을 주시하고 있었다.

그 방향에는 꽤 큰 숲이 있었다. 거리는 대략 300여 미터 떨어져 있었지만 이 자리에 있는 사람 모두는 그 정도 거리를 격해 숲의 전경을 제대로 볼 수 있는 능력자들이었다.

그런데 숲의 상태가 좀 이상했다. 나무의 절반 이상이 처참하게 부서져 있었고, 숲 중심부에는 다크오우거 10여 마리가 돌아다니고 있었는데 뒤집어진 흙 속에서 뭔가를 찾고 있었다.

'자이언트 웜 종류를 찾는 건가?'

아니었다. 한 다크오우거의 커다란 손아귀에 잡혀 올라오는 건 분명히 오크였다.

"쉬애애액!"

오크가 돼지 멱따는 비명을 지르자 주위에 있던 다크오우거들이 달려왔지만, 놈은 오크를 머리부터 입안에 넣고 씹어 먹기 시작했다. 동족들이 곁에 왔을 때는 오크는 이미 놈의 입안으로 사라졌다.

그러자 다크오우거들이 화를 내면서 주위의 성한 나무들을 주먹과 발로 차더니 다시 바닥을 뒤지기 시작했다.

그리고 얼마 후 다른 한 놈이 목이 부러진 사슴류를 흙 속에서 뽑듯이 들어 올리더니 흐뭇한 얼굴로 입안에 처넣고 씹기 시작했다.

"이 던전의 오크들은 천적인 오우거를 피해서 숲 지하에 땅굴을 파고 살았던 모양이네요."

"땅굴 속에 먹이도 저장해 두었고."

가온은 아레오와 아나샤의 말에 고개를 끄덕였다.

본래 오크는 저장의 개념을 알지 못한다고 들었는데 그것도 아닌 모양이다.

"저장한 게 아니라 키운 거예요."

"오크가 사슴을 키운다고?"

차링의 말에 아레오가 눈을 끔뻑거리며 물었다.

"오크 중에는 노예를 부려서 목축을 하거나 농사를 짓는 종들도 있어요. 던전의 오크는 잘 모르겠지만 땅속에서 오크와 함께 사슴이 나오는 것으로 봐서는 그런 것 같아요."

일리가 있었다.

"아무튼 저놈들부터 사냥을 해야 하는데……."

"우리 숫자로는 정면 승부는 어림도 없어요."

가온이 너무 쉽게 사냥을 해서 그렇지 다크오우거는 일반 오우거보다 두세 배는 강한 몬스터다. 근력이나 민첩성 등 육체적인 부분도 그렇지만 이놈들은 마나를 효율적으로 사용할 수 있었다.

"그럼 한 마리씩 멀리 유인해서 처리해야 할까?"

"한 마리씩 유인할 수 있다면 가능한 일인데 쉽지 않을 것 같아요."

지금도 숲 전체를 엉망으로 만들면서 오크를 잡는 데 열중하는 것으로 보면 아직 배가 차지 않은 것 같았다.

오우거는 포식을 하고 몇 날 며칠을 자기만 하는 습성을 가지고 있다. 한번 먹을 때 최대한 많이 먹는 습성이 있어 배가 차면 제대로 못 움직일 정도가 되어 버리는 것이다.

가온은 혼자서도 다크오우거 10여 마리를 사냥할 수 있을 것 같았지만 아무 말도, 행동도 하지 않았다.

'보스는 이곳에 없어.'

차원석은 보스가 가지고 있거나 놈의 지척에 있을 테니 보스를 사냥해야 던전이 클리어된다.

'그럼 다른 녀석들이 더 있다는 얘기인데.'

그럼 이곳에서 힘을 뺄 필요가 없었다. 보스만 사냥하면 되는 것이다. 그러고도 던전이 클리어되지 않는다면 더 사냥을 하면 되는 것이고.

하지만 에펫들을 더 활용하기는 힘들다. 그도 그럴 것이

에펫들의 눈에는 엄청난 체구를 가진 다크오우거들을 외형으로 구별할 수 없었다.

'일단 저놈들부터 처리를 해야겠네.'

놈들이 땅굴을 파고 숨어 사는 오크를 사냥하는 데 정신이 팔려 있는 지금이 기회였다.

'이 언덕이라면 다크오우거들의 눈을 피할 수 있어.'

숲을 기준으로 하면 고도가 대략 50미터는 더 높고 거리도 꽤 되니 유인해서 처리하는 데 별문제는 없었다.

가온은 언덕 반대편 아래로 내려가서 사람들을 불렀다.

"아나샤, 언덕 아래쪽에 코어 위치를 잡아 줄 테니까 홀리 피어진을 설치해. 아레오와 야쿰바는 진에 해당하는 공간의 풀을 베고 차링은 그곳에 물을 채워. 아레오가 전체 작업을 감독하고."

"유인해 오려고요?"

아레오가 조금은 불안한 얼굴로 물었다.

"응. 가능할 것 같아."

"온 랑이 가능하다면 그런 거겠지요. 알겠어요. 준비할게요."

가온은 일행과 함께 언덕을 내려가서 카오스의 도움을 받아 코어의 위치를 표시했다. 한 변의 길이가 대략 30미터에 이르는 오각형의 꼭짓점이 바로 코어의 위치였다.

그렇게 자신이 할 일을 마친 가온은 다시 언덕 위로 올라갔다.

'다행히 시간은 넉넉하겠네.'

다크오우거들의 오크 사냥은 아직도 한창이었다. 가온 일행이 이곳에 도착했을 때가 막 시작되었던 모양이다.

얼마 후 아래쪽에서 신호가 왔다.

'시작해 볼까?'

다크오우거들이 신나게 오크들을 사냥하고는 있었지만 놈들 모두의 배를 만족시킬 정도의 숫자는 아니다. 게다가 개체 간에도 실력 차이가 있어서 가장 어린 놈은 손가락만 빨고 있는 상황이다.

그런 놈에게 작은 동물 사체가 보인다면 어떻게 될까?

안 그래도 오크를 사냥해서 잡아먹는 동족들 때문에 더욱 배가 고플 테니 작더라도 손쉽게 먹을 수 있는 먹이에 끌리지 않을 수 없다.

게다가 동족들은 오크를 사냥하느라 놈에게는 신경도 쓰지 않는 상황이다.

다크오우거는 행여 먹이를 빼앗길까 봐 두려워 나름 기척을 죽여 슬금슬금 먹이가 놓은 것으로 이동해서 한입에 집어삼켜 버리고 조용히 씹어먹으면서 행복감을 만끽했다.

그런 놈에게 다른 먹이가 보였다. 그것 역시 놈이 좋아하는 사슴 종류로 몸집은 작지만 고기가 질긴 오크에 비하면 맛있는 먹이로, 오래전부터 이곳에서는 볼 수가 없었다.

그것을 덥석 집어삼킨 후 주위를 둘러보던 놈은 조금 떨어진 곳에 놓여 있는 또 다른 먹이를 발견했다. 이번에도 같은 종류의 먹이로 죽어 있는 상태였다.

아마 더 나이가 많은 놈이라면 당연히 의심을 했을 상황이었지만, 배가 고픈 상태에서 야들야들한 살과 달콤한 육즙에 뼈도 연약해서 뱉어 낼 필요가 없는 맛있는 먹이를 보니 다른 놈들이 오기 전에 빨리 먹어 치워야겠다는 생각밖에 없었다.

그렇게 감질은 나지만 맛있는 먹이를 주워 먹으며 언덕을 넘어 아래로 내려간 다크오우거가 무릎까지 빠지는 작은 물웅덩이 가운데 놓인 큼지막한 물소를 보았다.

몸집이 크기 때문에 저것을 먹으면 배가 찰 것 같았다.

침을 질질 흘리며 바로 물웅덩이 안으로 들어간 다크오우거가 물소를 반 정도 뜯어먹었을 때 갑자기 몸에 이상한 감각이 느껴졌다. 이상하게 몸이 노곤해지면서 무거워졌다.

첨벙!

힘이 풀려 물이 차 있는 웅덩이에 주저앉은 다크오우거는 몸을 겨우 일으켰지만 다리가 후들거렸다.

놈의 거대한 눈알이 반쯤 뜯어먹은 물소 고기에 고정되었다. 더 어릴 때 완전히 썩어 버린 고기를 먹고 배가 아팠을 때가 떠오른 것이다.

하지만 갓 죽은 것처럼 싱싱한 고기 상태에 이내 고개를 흔들고 다시 입으로 다리 한 짝을 집어넣었을 때 갑자기 시야가 파랗게 변했다.

츠즈즈즈.

엄청난 전격이 물을 타고 다크오우거의 몸을 감전시켰다. 전격은 순식간에 젖은 몸을 타고 흐르더니 물소의 피를 태워 버리면서 놈의 입안으로 들어갔다.

그와 함께 짜릿짜릿한 감각이 찾아왔고 이내 전신이 타들어 가는 끔찍한 고통에 몸부림쳤다.

지상 최고의 몬스터라고 해도 좋을 만큼 가공할 육체 능력을 가진 다크오우거였지만 내장이나 혈관까지 전격에 버틸 정도는 아니었다.

퍽!

처음 경험하는 고통에 반사적으로 입을 벌려 비명을 지르려고 했지만 갑자기 거센 물줄기가 입안으로 들어왔다.

숨이 막힐 것 같아서 꺽꺽대던 놈이 입을 닫았을 때는 이미 입은 물론 배 속을 가득 채운 물을 통해 체내로 들어온 전격이 전신으로 퍼져 신경이 크게 손상되는 바람에 입을 벌리는 것도 힘들어졌다.

몸을 짜릿짜릿하게 만들고 머리를 하얗게 만드는 전격은 금방 사라지지 않았다.

하지만 끝은 있었다. 전격이 사그라들었던 것이다.

다크오우거는 있는 힘을 다해서 물웅덩이를 빠져나가려고

했다. 아직도 몸 안에는 짜릿짜릿한 전격이 흐르고 있었고 몸을 마음대로 움직이기도 힘들었지만 이대로 여기에 있다가는 죽을 것 같은 위험을 감지한 것이다.

팟!

막 발에 힘을 주어 물웅덩이를 뛰어나가려는 순간 본능적으로 거부감이 드는 하얀 안개가 몸을 덮쳤고 잠깐이지만 몸이 굳어 버렸다.

그때 무언가 뾰족하고 날카로운 가시가 눈을 꿰뚫었다.

다행히 깊이 찔린 것은 아니지만 참기 힘든 고통이 느껴졌다. 비명을 지르고 싶었지만 몸 상태가 엉망이라 서둘러 가시를 뽑아내면서 나머지 한 눈을 굳게 감았다.

가시와 함께 무언가가 딸려 나가는 것을 느꼈지만 생각보다 고통은 크지 않았다.

과연 또 다른 가시가 눈꺼풀을 찔렀지만 본능적으로 마나를 그곳에 집중시켰기에 더 이상 파고들 수는 없었다.

하지만 알 수 없는 적의 공격은 그게 끝이 아니었다. 이번에는 뾰족하고 날카로운 가시가 귓구멍을 깊숙하게 파고들었다.

너무 아파서 마구 팔을 휘둘러 봤지만 이미 늦었다.

게다가 귀를 관통한 가시는 너무 깊이 박혀서 건들기만 해도 너무 아팠다.

그래도 놈은 가시를 빼야 한다는 사실을 본능적으로 알고 있었기에 두 손가락으로 귀에 박힌 가시를 뽑으려고 했다.

하지만 놈의 행동은 너무 늦었다.

츠즈즈.

아까와 마찬가지로 짜릿한 감각이 귀에서부터 느껴진다 싶더니 이내 머릿속이 시퍼렇게 변하면서 의식을 잃었다. 귀를 꿰뚫은 창을 통해 강력한 뇌전이 머릿속을 파고들어 신경다발은 물론 뇌 조직을 태워 버린 것이다.

"안 그래도 전격 마법에 의해서 신경이 손상되고 감각이 마비된 상태에서 눈과 귀에 강철 창을 던진 후 다시 전격 마법으로 뇌를 태워 버리다니 굉장히 효과적인 방법이네. 수고했어."

아나샤가 홀리피어진을 전격진으로 변환시키고 차링은 놈이 비명을 지르려고 할 때 물줄기를 놈의 아가리 안으로 집어넣어 전격이 놈의 몸 안으로 흐르도록 했다.

야쿰바는 고통에도 불구하고 전격으로 인해 몸이 굳은 다크오우거의 눈과 귀에 창을 정확하게 꽂아 넣었고, 아레오가 화살을 대상으로 전격 마법을 펼쳐 놈을 끝장내 버렸다.

네 사람은 다크오우거를 사냥한 경험도 없었는데 가장 효율적인 공격 패턴을 완성한 것이다.

가온의 칭찬을 들은 네 사람은 환한 얼굴로 서로를 쳐다보면서 고개를 끄덕였다. 미리 의논한 그대로의 효과가 나왔기 때문이다.

"이제 다음 놈을 유인해 올 테니 잠깐 쉬면서 준비하고 있어."

가온이 거대한 다크오우거를 통째로 아공간에 챙긴 후 날 듯이 언덕 위로 달려갔다.

네 사람은 가온이 차례로 유인해 온 네 마리의 다크오우거를 힘을 합쳐 멋지게 해치웠다.

일단 홀리피어진으로 둘러싸인 물웅덩이 안으로 들어오면 시간이 문제지 네 사람의 전투력으로 끝장을 내는 것은 문제가 없었다.

문제는 체력이나 보유한 에너지가 유한하다는 것이다. 더구나 다크오우거는 마나를 사용하는 몬스터인 만큼 쉽게 죽어 주지 않았다.

홀리필드진과 성물의 신성력이 치환된 전격에 아레오의 전격 마법이 가해져도 생명력은 절반밖에 안 떨어졌고 눈과 귀를 제대로 꿰뚫지 않으면 전격을 머리 내부로 흐르게 하는 것도 쉽지 않았다.

그럴 경우에는 차링과 야쿰바가 창을 수없이 던져야만 했다.

아레오의 속박 마법이 아니었다면 마구 팔을 휘두르거나 발로 물을 걷어차는 다크오우거의 행동 때문에 불가능한 일이었다.

덕분에 네 사람은 다크오우거 5마리를 사냥한 후에는 진이 다 빠졌다.

"온 랑, 성물의 신성력이 다 소진되었어요."

다크오우거 사냥에서 가장 큰 역할을 했던 홀리필드진을 더 이상 사용할 수 없다는 말이다.

"다들 고생했어. 이 정도면 충분한 업적을 세웠을 것 같아. 다들 쉬도록 해."

가온은 울상이 된 아나샤를 안아서 가볍게 어깨를 두드려 준 후 사람들이 쉴 시간을 주었다.

"온 랑, 나머지 놈들은 어쩌죠? 남은 것들은 암컷 성체들 같은데."

놈들을 처리하면서 알게 된 것이 있었다. 지하에 굴을 파고 숨어 있는 오크들을 사냥하던 다크오우거들이 새끼와 암컷이라는 사실을 말이다.

워낙 몸집이 크고 흉악하게 생겨서 인간이 보기에는 별 차이가 없어 보였지만 사냥한 놈들은 모두 덜 자란 새끼들이었다.

새끼들도 성물을 이용해서 간신히 사냥했는데 경험이 많은 성체 암컷들이 남았으니 어떻게 사냥을 해야 할지 모르겠다. 게다가 새끼를 잃은 암컷의 분노까지 더해지면 더욱 사냥하기가 어려웠다.

오우거는 번식이 그리 쉽지 않은 몬스터다. 그래서 새끼들은 무리 전체가 애지중지하며 양육을 한다. 아마 다크오우거도 크게 다르지 않을 것이다.

그러니 새끼가 사고를 당했을 때 성체들의 반응은 보지 않아도 알 수 있었다.

"내가 혼자 처리할 수 있어."

"어떻게요?"

"보면 알아."

자신 혼자 처리할 생각이지만 혹시 모르는 상황에 대비해서 일행이 숨어 있을 곳과 가까운 장소까지 유인할 계획이다. 이제 곧 본격적인 의뢰 수행을 하기 전에 자신의 능력을 조금 더 보여 주기도 해야 했고.

"허업!"

"……."

누구는 기함을 했고 누구는 입을 떡 벌린 채 아무 소리도 내지 못했다.

네 사람이 가치를 헤아리기 힘든 보물인 성물을 이용한 진으로 디버프한 상태에서 전격 마법으로 생명력을 깎아 낸 후 잠시 감각이 마비된 상태에서 최선을 다한 연계 공격으로 겨우 끝장을 낸 다크오우거가 너무나 쉽게 사냥을 당했다.

'온 랑이 속박 마법을 건 것은 아닌데 왜 대검이 근접한 순간 오우거의 몸이 그렇게 오래 굳었던 거지?'

'오러블레이드를 발현한 것도 아닌데 어떻게 대검이 저 두

꺼운 두개골을 뚫을 수 있지?'

'새처럼 날았어. 그 날개를 장착한 것도 아닌데. 공중에서 몇 번이나 자연스럽게 동작을 바꾸었고.'

'대검이 두개골을 뚫고 박혔다고 해서 저렇게 쉽게 죽는다고?'

언덕 중간의 풀숲에 숨어서 가온의 사냥 모습을 지켜보던 네 사람은 너무나 비현실적인 광경을 보고 저마다 이해가 가질 않는 내용을 떠올렸다.

일행의 눈에 비친 가온은 같은 인간이 아니었다. 미스릴급 전사라고 인정했음에도 도저히 자신들의 상식으로는 이해할 수 없는 광경을 보고 만 것이다.

하지만 가온은 일행의 반응에는 전혀 신경을 쓰지 않고 있었다.

'생각보다 염력의 효과가 더 대단해!'

문득 떠오르는 생각대로 염력으로 다크오우거를 구속해 보았는데 그 효과가 아주 만족스러웠다.

속박 마법으로는 불과 1, 2초밖에 구속할 수 없었지만 염력으로는 10초 가까이 다크오우거를 꼼짝도 하지 못하게 만들 수 있었다.

다크오우거가 아무리 강력한 몬스터라고 해도 일단 몸을 움직이지 못한다면 다양한 속성력을 다룰 수 있는 가온에게는 너무나 손쉬운 사냥감에 불과했다.

염력으로 몸을 구속한 후 점핑 앤 플라잉 스킬로 아파트 3층 높이로 뛰어오른 후 화기를 가득 담은 대검을 미간 사이에 깊이 쑤시기만 하면 끝이니 어려울 것이 전혀 없었다.

다크오우거 사냥에서 가장 번거로운 일은 놈들을 죽이는 것이 아니라 한 마리씩 떼어 내어 유인하는 과정이다.

'새끼의 냄새가 직빵이었지.'

의심이 많아서 죽은 동물의 사체에는 별 반응을 보이지 않았던 암컷 다크오우거였지만 새끼의 피 냄새에는 굉장히 민감하게 반응했다.

일단 피 냄새에 반응을 보이면 유인하는 것은 어렵지 않았다.

놀랍게도 다른 놈들은 자신의 새끼가 아닌 개체의 피 냄새에 큰 반응을 보이지 않았다. 다른 놈들은 아직 배가 차지 않아서 땅속에 굴을 파고 숨어 있는 오크 사냥에 푹 빠져 있었기 때문이다.

그렇게 다크오우거 10마리, 즉 새끼 다섯에 어미 다섯은 차례로 사냥을 당했다. 새끼들은 일행이 힘을 합쳐 사냥했고 어미들은 가온이 직접 처리를 한 것이다.

암컷 사냥을 모두 마친 가온은 말없이 자신을 향해 경의와 선망의 눈길을 보내는 일행과 함께 쉬는 시간을 가졌다.

'이놈들은 보스의 암컷과 새끼 들일 가능성이 아주 높아.'

보스를 제외한 다크오우거가 더 있을 것 같지는 않았다. 오우거도 굉장히 희소한데 다크오우거라는 존재가 그렇게 많을 리는 없었다.

가온의 생각이 맞는다면 이제 남은 것은 보스밖에 없다. 더 있어 봐야 암컷과 새끼 몇 마리가 전부일 것이다.

'카오스, 보스의 위치를 찾아 줘.'

원래 던전 브레이크가 발생해도 보스가 가장 마지막으로 던전을 나온다.

차원석 때문이다. 차원석을 가지고 던전 밖으로 나올 경우 기화하듯 사라지는데 희한하게도 보스는 경험하지 않아도 그 사실을 잘 안다.

그래서 살육에 미쳐 버렸거나 광증에 빠진 경우 그리고 정말 잡아먹을 것이 전혀 없는 경우가 아니면 던전의 보스는 힘의 원천이자 성장의 동력인 차원석에서 멀리 벗어나지 않는 것이다.

'확실히 던전이 좋아!'

다크오우거 다섯 마리를 사냥한 것으로 레벨이 무려 4나 올랐다. 이전에는 4마리를 사냥해서 겨우 1이 올랐을 뿐인데 말이다.

던전에서만 발휘되는 특성이 이 세상의 던전에도 적용된 것이다.

그것만이 아니다. 파워드레인 스킬을 통해서 흡수한 에너지의 양도 엄청났다.

'보스는 얼마나 큰 경험치를 줄까?'

가슴이 설렜다. 한동안 레벨업은 기대도 하지 않고 지내왔기 때문이다.

"온 랑, 아까 오우거의 몸을 굳게 만든 게 마법은 아닌 거죠?"

마지막 오우거가 쓰러지고 그의 아공간을 사라진 직후 달려온 아레오가 숨을 고르지도 못한 채 물어 왔다. 그만큼 궁금했던 것이다.

"염동력이야."

"염동력요?"

"정신을 집중해서 사물을 움직이거나 구속하는 스킬이지. 이렇게."

가온은 마지막 다크오우거가 들고 있었던 거대한 돌 몽둥이에 염력을 발휘했다.

둥실.

잘 다듬어지진 않았지만 직경이 1미터에 길이가 5미터에 육박하는 길쭉한 암석 덩어리가 허공으로 떠오르더니 이내 보이지 않는 오우거가 휘두르는 것처럼 이리저리 움직이기 시작했다.

"헙!"

아레오는 물론 이제 막 도착한 사람들의 입이 쩍 벌어졌다.

"어지간한 마수나 몬스터에게는 강력한 효과를 발휘하지만 땅속에 서식하는 뤼나웜에는 큰 효과가 없어."

"……저도 배울 수 있을까요?"

"아레오는.집중력도 높고 연상력이 뛰어나니 어렵지 않게 익히겠지만, 마법이 더 유용할 것 같은데."

전수하는 것은 어렵지 않다. 염동력의 요체는 강력한 의지력과 집중력에 어느 정도의 연상력만 있으면 발휘할 수 있는 스킬이다.

하지만 이미 상당한 수준의 마법을 구현할 수 있는 아레오가 굳이 염동력을 익힐 필요는 없었다. 마법으로 충분히 대체할 수 있었기 때문이다.

"배울 수 있는 건 다 배우려고요. 온 랑의 옆에 있어도 부끄럽지 않은 여자가 되고 싶어요."

웅? 이건 또 무슨 소리인가?

"온 랑, 저도 아레오와 같은 생각이에요. 지금의 우리는 온 랑에 비해 너무 약해요. 배울 수 있는 거죠?"

아나샤까지 왜 이러는지 모르겠다.

물론 아나샤도 충분히 염동력을 익힐 수 있다. 평생 한 신을 위해 봉사하고 헌신해 온 사제로서 갈고닦은 강인한 의지와 정신력이라면 아레오보다 더 쉽게 익힐 수 있었다.

가온은 결국 고개를 끄덕일 수밖에 없었고 아레오와 아나샤는 서로를 보며 미소를 주고받았다.

차링과 야쿰바도 배우고 싶은 눈치였지만 심중의 말을 꺼내지는 않았다. 가온의 여자인 아레오와 아나샤와는 다른 처지임을 잘 알고 있었기 때문이다.

가온에게는 다소 민망한 순간이었는데 카오스로부터 의념이 전해졌다.

-찾았어!

'어디야?'

-오크 사냥을 하던 숲을 기준으로 북동쪽으로 3킬로미터 떨어진 숲의 중앙에 작은 호수를 끼고 있는 암반 지역이 있는데 보스는 그곳의 거대한 동굴 속에 있어. 차원석은 동굴 벽에 박혀 있고.

'놈은 지금 뭘 하고 있어?'

-잔뜩 처먹었는지 자고 있어.

그렇다면 준비할 시간은 있다.

하지만 이미 던전의 밤이 찾아오고 있었다. 바깥과는 시간축이 다른 것이다.

가온 일행은 다크오우거들이 사냥을 했던 숲의 외곽에 자리를 잡았다. 그곳에 함정을 쓸 만한 큰 물웅덩이가 있었다.

사냥은 내일 아침에 시작될 예정이지만 혹시 밤에 보스가 암컷과 새끼 들의 냄새를 맡고 찾아올까 봐 본격적인 숙영 준비는 하지 않았다.

그냥 불을 피우고 그 주위에 둘러앉아서 간단하게 식사를 한 후 번갈아 잠을 잘 생각이다.

식사를 마치고 얼마 되지 않아서 차링과 야쿰바가 몸을 모포로 말고 잠이 들었다.

비록 덜 자란 새끼였지만 잔뜩 긴장한 상태에서 다크오 우거를 사냥하는 데 전력을 다했기 때문에 지쳐 있었던 것이다.

아레오는 명상을 끝내고 일종의 마력 서킷을 돌리고 있었다. 체계화된 마력 연공법은 아니지만 마력 회복에 굉장한 효과가 있다고 했다.

아나샤도 늘 하던 저녁 기도를 짧게 끝냈는데 얼굴이 아주 어두웠다.

"온 랑, 큰일이에요. 성물의 신성력이 차오르고는 있지만 속도가 너무 느려요. 제 신성력도 얼마 남지 않았고요."

아무리 기도를 해도 소진한 신성력을 회복할 수가 없었다. 이 던전에서는 우트의 힘이 제대로 전해지지 않는다는 것이다. 무엇보다 자신이 가온에게 도움을 줄 수 없다는 사실이 너무 안타까웠다.

'던전이 다른 차원의 일부이기 때문에 우트 신이 영향을 미칠 수 있는 공간이 아니라는 거군.'

다음에는 이런 점을 고려해야만 했다. 애초에 힘이 없었다면 모르되 강력한 힘을 가졌다가 사라진 것이나 다름없는 상황이니 아나샤가 실의에 빠지는 것도 무리는 아니다.

"어떡하죠?"

"음. 내가 생각해 본 게 있는데 가능할지 모르겠네."

"무, 뭔데요?"

아나샤는 고민을 털어놓기가 무섭게 해결할 수 있는 방법을 제시하는 가온은 역시 믿고 의지할 수 있는 존재라는 생각이 들었다.

"우리가 사랑을 하는 거야."

"네?"

기대를 하고 있다가 뜻밖의 대답을 들은 아나샤의 얼굴이 순간적으로 멍해졌다.

"무, 무슨?"

"내게 신성력을 전해 주었으면 받을 수도 있지 않을까?"

"……정말 가능할까요?"

가온의 말에 눈을 빛내며 잠시 생각에 잠겼던 아나샤가 물었다.

"내게 우트의 힘을 전해 줄 때 그냥 단순히 기도만 했어?"

"그건 아니고 우트님의 힘을 온 랑에게 전해 주겠다는 의지를 되뇌었어요."

"그럼 가능하지 않을까? 나는 아나샤에게 신성력을 전해 주겠다는 의지를, 아나샤는 반대의 의지를 품으면 될 것 같은데."

"확실히 일리가 있기는 한데, 정말 그런 일이 벌어지면 어떡하죠?"

"아나샤, 내가 가진 힘은 신성력만이 아니야. 일단 시도해 보자."

"아, 알았어요."

붉어진 얼굴로 주위를 둘러보던 아나샤는 벌써 성큼성큼 걸음을 옮기는 가온의 뒤를 쫓아갔다.

"유인해 올 테니까 다들 멀리 떨어진 곳에 숨어 있어."

지금은 비활성 상태지만 홀리피어진이 펼쳐져 있는 물웅덩이와 가까운 곳에 잠복해 있다가는 보스의 감각에 걸릴 것이다.

물웅덩이 안에는 피투성이가 된 암컷과 새끼 4마리가 엎어진 상태로 누워 있었는데 방금 죽은 것처럼 피가 흘러나오고 있었다.

"알았어요. 걱정하지 말고 다녀오세요!"

오늘따라 유난히 생기발랄한 아나샤가 밝은 얼굴로 가온을 배웅했다.

어제저녁부터 밤늦게까지 두 사람이 시도했던 일의 결과는 결론적으로 말하면 대성공이었다.

사랑을 하는 과정에서 아나샤는 신성력을 회복한 것은 물론 이전보다 훨씬 더 많은 신성력을 보유할 수 있게 되었다.

아나샤는 가온과 달리 신성력을 수량으로 파악할 수 없었다.

거기에 신성력을 흡수하는 과정에서 발생한 쾌감이 이성을 제대로 유지하기 힘들 정도로 강했기 때문에 자신의 한계에 맞게 흡수하는 건 거의 불가능했다.

그래서 흡수를 하다 보니 자신의 최대 보유량을 넘어선 신성력을 받아들였고, 그것 때문에 몸이 터질 것 같은 위기가 찾아오자 다시 가온에게 전해 주었다.

그리고 그 과정에서 쾌감이 폭발하는 바람에 넘겨주는 양 조절에 실패했다. 너무 많은 신성력이 빠져나간 것이다.

만약 사랑의 행위가 아니었다면, 그 행위를 통해 지극한 쾌감을 넘어 황홀함을 느끼지 못하는 몸이었다면 한두 번의 시도로 가능했겠지만, 이미 익을 대로 익은 농염한 육체는 사랑을 하면 할수록 민감해져서 신성력을 받아들이고 넘겨 주는 과정이 수백 번 이상 반복되었다.

그러다가 너무 많이 넘겨주었고 그래서 다시 받아들이는 과정이 되풀이되면서 몸에 담을 수 있는 신성력의 양이 많아졌다.

이전에 비하면 거의 30%가 넘게 증가했다고 하니 그녀에게는 기연이나 다름없었다.

본래 사랑을 할 때 그녀의 육체는 우트 신이 전해 주는 신성력의 통로일 뿐 기존의 신성력과 별도로 몸에 쌓거나 담을 수 없었다.

그런데 사랑의 행위를 통해서 수백 번 이상 신성력을 주고받는 과정을 반복한 덕분에 이전보다 더 많은 양의 신성력을 품을 수 있도록 몸이 변해 버린 것이다.

결국 그녀는 이전보다 대략 30% 이상 많은 신성력을 보유할 수 있게 되었다.

"이건 기적이에요!"

꾸준한 기도와 우트 신에 대한 헌신을 통해서만 신성력이 늘어나는 것으로 알고 있었던 아나샤로서는 혁명이나 다름없는 변화였다.

아나샤가 보유하게 된 30만 정도의 신성력을 제외한 나머지는 가온이 계속 보유할 수 있었다.

게다가 몸에 수용할 수 있는 신성력이 늘어난 것은 아나샤만이 아니었다.

수백 번에 걸쳐서 신성력이 들어오고 나가는 과정을 통해서 신성력을 저장하고 있던 정수리 부위의 마나오션이 놀랍도록 확장된 것이다.

이 던전 안에서는 사랑을 해도 우트 신의 힘이 전해지지 않지만 그릇 자체가 커졌으니 보유할 수 있는 신성력의 양도 적잖이 늘어날 것이다.

그런데 놀랄 것은 그것만이 아니었다.

본래 아나샤를 매개로 전해 받은 우트의 힘은 하루가 지나면 사라지는데, 어찌 된 일인지 하루가 지났음에도 사라지지 않았다.

즉, 지금도 가온의 몸에는 치환반지로 언제든 다른 에너지로 전용할 수 있는 70만이 넘는 신성력이 남아 있었다.

이유는 알 수 없었지만 두 사람은 이 던전이 우트 신의 의지가 닿을 수 없는 다른 차원이기 때문일 거라고 생각했다.

아무튼 그 과정에서 아나샤는 이전보다 훨씬 가온을 사랑하게 되었다. 그가 순화시켰던 신성력을 받아들여서 그런지 그와 더 가까워진 것 같았다.

질풍처럼 달려가는 가온의 뒷모습을 애정이 가득한 눈으로 바라보고 있던 아나샤는, 약간의 질투와 부러움이 담긴 아레오의 시선이 느껴지자 자신도 모르게 황급히 바닥을 내려보았다.

"언니, 어제는 제가 양보했으니 하루는 온전히 제게 주어야 해요."

"아, 알았어."

뜨거웠던 지난 밤을 생각하면 아무리 같은 남자를 사랑하고 사랑하는 모습까지 지켜보는 사이라고 해도 아레오에게 부끄러울 수밖에 없었다.

　암컷 2마리를 끼고 코를 골며 자고 있던 다크오우거 보스의 감각은 예상했던 것보다 훨씬 더 뛰어났다.

　가온이 거대한 동굴 입구에 잠시 멈추었을 때 놈이 벌떡 일어났다.

　'체취를 감추어 주는 칠흑의 야행의에 투명화 스킬까지 썼는데도 이 정도 거리에서 내 존재를 감지하다니 정말 대단하네.'

　만약 놈이 자신의 접근을 감지하지 못했다면 일이 쉬워졌을 텐데 아쉬웠다.

　가온은 높은 벽 위에 차원석이 박혀 있다는 것을 재빨리 확인한 후 투명화 스킬을 해제했다. 그리고 놈을 향해서 창한 자루를 던졌다.

　빠각!

　마나를 주입하긴 했지만 전력으로 던지지는 않았기에 놈은 손을 가볍게 휘둘러 블랙켄타우로스의 창을 부러뜨렸다.

　이전에 인간을 잡아먹은 적이 있는지 인간의 냄새를 맡고 침을 질질 흘리며 입맛을 다시는 다크오우거 보스가 보는 가운데 가온은 사냥한 새끼 1마리의 사체를 꺼냈다.

　그리고 쾌보 스킬과 질주 스킬을 동시에 활성화시켜 냅다 도망치기 시작했다.

'안 따라오고는 못 배길걸.'

얼마 후 분노에 가득 찬 보스의 울부짖음이 들렸다. 그리고 도약을 하기 위해 밟는 지면이 약하게 흔들리는 것을 느낄 수 있었다. 놈이 자신을 뒤쫓아 달리기 시작한 것이다.

쿵! 쿵! 쿵!

얼마나 강한 힘이 실렸는지 소리도 그렇지만 수백 미터나 떨어진 땅이 지진이 난 것처럼 요동치고 있었다.

사체를 통해 인간이 자신의 새끼를 죽였다는 사실을 알게 된 다크오우거 보스가 전력으로 뒤쫓았지만, 작은 인간은 너무 빨랐다.

엄청나게 넓은 보폭으로 뛰고 있었지만 인간과의 거리는 아주 조금씩 줄어들 뿐이었다.

다크오우거 보스는 머리끝까지 화가 치밀어오른 상태에서 인간을 뒤쫓으면서 주위를 둘러봤다.

이곳이 숲이었다면 나무나 바위를 뽑아서 던질 수 있을 텐데 보이는 건 무릎까지 올라오는 풀밖에 없었다.

우워어어억!

대기가 물결치듯 요동치는 굉량한 분노성을 질렀지만 도망을 치는 인간과의 거리는 마음만큼 빠르게 줄어들지 않았다.

가온은 쾌보와 질주 스킬을 최대한으로 활성화시켜 다크오우거 보스를 이리저리 끌고 다녔다.

함정이 있는 곳까지는 3킬로미터에 불과했지만 놈을 제대로 함정 안으로 끌어들이기 위해서는 혼을 좀 빼 둘 필요가 있었다.

길게 자란 풀 때문에 전방은 물론 지면의 상태를 파악하는 데 방해가 되었지만, 심안을 발동하고 있는 가온은 전혀 흔들리지 않고 질주할 수 있었다.

하지만 다크오우거 보스의 경우는 좀 달랐다. 가온이 운공을 끝낸 후 혼자 작업을 해 둔 함정들이 놈의 발길을 지체하게 만든 것이다.

쿵!

풀 속에 가려져 있었던 거대한 구덩이에 한 발이 빠져 앞으로 넘어지는 지금이 바로 그런 경우였다.

한 발이 허벅지까지 구덩이에 빠지는 순간 달리는 속도에 몸무게까지 더해졌기 때문에 보스는 순간적으로 별이 보일 정도로 강하게 지면과 충돌했다.

물론 그 직후 바로 일어나서 더욱 흉포한 기세를 방출하며 가온을 뒤쫓았지만 그렇게 간단하면서도 효과적인 함정은 곳곳에 널려 있었다.

그런 경우가 대여섯 번이나 반복되자 다크오우거 보스는 도망치는 인간이 새끼의 죽음과 어떤 관련이 있다는 사실조차 망각할 정도로 완전히 분노에 매몰된 상태로 기를 쓰고 인간을 뒤쫓았다.

잡히기만 하면 바로 잡아먹지 않고 팔다리를 하나씩 뽑아내고 살만 발라내어 고통에 몸부림치는 모습을 반드시 보리라 몇 번이나 맹세하면서 인간을 쫓아가던 보스의 얼굴에 흉측한 미소가 떠올랐다.

이제까지 풀이 자라는 땅으로만 도망을 치던 인간이 익숙한 숲을 향해 달리고 있었다.

그곳은 새끼와 암컷 들이 배를 채울 식량이자 마지막으로 남은 오크들이 땅에 굴을 파고 사는 곳이다.

그런데 숲과 가까운 곳에 암컷 1마리가 쓰러져 있었다. 익숙한 냄새로 보아 자신이 가장 좋아했으며 가장 어린 새끼를 낳은 암컷이다.

으드득!

다크오우거 보스는 이를 갈았다. 놈의 몸 주위에 투기와 융합된 생체보호막이 눈에 보일 정도로 짙어졌다.

한편 놈의 체력을 어느 정도 소진시킬 의도로 쫓고 쫓기는 도망극을 연출했던 가온은 숲으로 막 진입하려다가 황급히 발길을 바꾸었다.

'젠장!'

다크오우거 보스와 함께 자고 있던 암컷 2마리가 먼저 함정에 도착했는지 일행이 이미 홀리필드진을 전격진으로 바꾸어 발동한 상태였기 때문이다.

'괜찮겠지?'

1마리가 아니라 2마리인 것이 좀 걸리기는 하지만 이제까지 처리했던 경험도 있고 능력도 충분하니 처리할 수 있을 거라고 믿었다.

상황이 바뀌었으니 숲으로 들어가는 건 포기해야만 했다. 이제 자신이 해야 할 일은 툭 터진 개활지에서 순수한 능력으로 광분한 다크오우거 보스를 상대하는 것이다.

물론 자신이 있었다.

어제 숲을 지켜봤던 언덕에 도착한 가온이 몸을 멈추었다. 그리고 재빨리 방어구를 벗어 던지더니 후와의 진혈을 자극해서 거대화 스킬을 발동했다.

쿵! 쿵! 쿵!

가온을 향해 달려오던 보스의 걸음이 느려졌다. 분명히 쫓을 때는 인간이었는데 어느 순간 갑자기 자신의 덩치 못지않은 거구로 변한 것이다.

'파르, 대검으로 변환해!'

대부분 외피부로 가온을 지켜 주었던 파르가 순식간에 길이만 무려 10미터가 넘는 대검으로 변해 가온의 손에 쥐였다.

다크오우거 보스는 몸집이 커지긴 했지만 인상착의나 냄새로 보아 자신이 쫓던 인간임을 확신했다. 그리고 약하디약한 인간이 어떻게 자신의 암컷들을 죽였는지 알 수 있었다.

지이이잉.

길고 날카로운 보스의 손톱이 순간적으로 1미터 이상 길어졌다. 오러 네일이었다.

쿵! 파앗!

엄청난 거구가 강하게 바닥을 밟고 자신을 향해 도약하는 순간 가온 역시 파르를 통해 오러블레이드를 뽑아내고 놈을 향해 몸을 날렸다.

꽈앙!

신성력으로 인해 백색 대검으로 변해 새하얀 오러블레이드를 생성한 파르와 오러 네일이 부딪히는 순간 큰 폭발음과 함께 대기가 부서질 듯 요동쳤다.

'엄청나군.'

오러네일을 정면으로 받아친 가온이 내심 경악했다. 오러블레이드를 생성하고 있는 파르를 통해 내장이 진탕될 정도의 큰 충격이 전해진 것이다.

오러네일에 그만큼 많은 마나가 압축되었다는 얘기였다.

물론 충분히 감당할 수 있는 충격이었지만 누적이 되면 내상으로 이어질 것이다.

자신의 오러블레이드가 압도하는 것이 아닌 이상 굳이 상대의 오러네일을 맞받아칠 필요가 없다는 것이다.

'내가 괜한 짓을 했군.'

문제는 오러네일의 위력만이 아니다. 거구임에도 불구하

고 보스의 이동 속도는 공간 이동에 가까울 정도로 엄청났다. 잔상이 남을 정도로 빨랐다.

물론 가온도 다크오우거보다 더 큰 몸집으로 거대화한 상태이고 쾌보를 사용하기에 전혀 밀릴 것은 없지만 굳이 상대의 공격을 맞받을 필요는 없었다.

'속도는 내가 더 빨라!'

그 약간의 차이와 몬스터의 전력을 약화시키는 신성력으로 만들어 낸 오러블레이드가 가온의 우세를 만들어 냈다.

써억! 사악! 써걱!

파르가 발현한 새하얀 오러블레이드가 다크오우거 보스의 생체보호막과 가죽을 한꺼번에 베었다.

열 개나 되는 오러네일이 부담스럽기는 하지만 공격하는 동작이 큰 편이라서 파고들 틈은 계속 있었다.

문제는 오러블레이드로 베어 버린 가죽과 살이 순식간에 재생된다는 점이다. 트롤보다 더한 재생력을 가지고 있었다.

이 정도면 검환 정도가 아니면 놈을 쓰러뜨리는 데 한없이 오랜 시간이 걸릴 것이다.

그렇지만 쾌보를 사용하는 자신에 비해 약간 느린 정도로 움직이는 놈을 상대로 검환을 만들어 낼 시간이 없었다.

휘잉!

잠깐 다른 생각을 했다고 간격을 좁힌 놈의 오러네일이 만들어 내는 검풍에 피부가 짜릿해졌다. 거대화 상태가 아니라면 검풍만으로 몸에 상처가 났을 것이다.

이렇게 되면 검술로는 승부를 내는 데 오래 걸릴 것이다.

오랜만에 검술로만 몬스터와 정면 승부를 보려고 했던 가온은 생각을 바꾸었다.

'멈춰!'

놈의 오러네일을 피해 꺼지듯 뒤로 3미터 정도 물러났던 가온의 왼손이 보스를 가리키는 순간 염력을 발동했다.

멈칫!

순간적으로 몸이 경직되었던 다크오우거 보스의 몸이 금방 다시 움직였지만 가온의 입가에는 진한 미소가 떠올랐다.

'통한다!'

불과 1~2초밖에 안 되는 시간이었지만 놈의 몸은 분명히 굳었다.

놈은 가볍게 머리를 흔들었지만 분명히 동공은 흔들리고 있었다. 왜 자신의 몸이 순간적으로 굳었는지 이해하지 못했기 때문이다.

하지만 가온은 보스가 생각할 여유를 주지 않았다.

빠르게 다가서며 신성력이 가득한 백색 대검을 휘둘렀다.

원래의 보스였다면 상대가 검을 휘두르는 것을 감수하고 단숨에 상대의 목에 오러네일을 찔러 넣었을 것이다.

차원석의 힘이 놈을 강하게 만들어 주었을 뿐 아니라 트롤보다 더 강력한 재생력을 선물했다.

하지만 거대한 인간이 휘두르는 검은 보통 날붙이가 아니었다.

거기에 검이 두르고 있는 기운은 무척이나 불쾌하고 자신의 힘을 억누르는 성질을 가지고 있었다.

벌써부터 재생 속도가 눈에 띄게 떨어지고 있다는 사실을 놈은 본능적으로 알고 있었다.

그러다 보니 한 손의 오러네일로 상대의 검을 쳐 내는 한편 다른 손의 오러네일로 상대를 공격하는 것이 최선이었다.

그런데 거대 인간은 더 이상 오러네일을 맞받아치지 않았다. 아니, 오러네일의 간격으로 들어오지 않았다.

그렇다고 마냥 물러나는 것도 아니다. 마치 미꾸라지처럼 자신의 틈을 파고들어 생체보호막과 가죽을 가르고 깊은 상처를 낸 후 꺼지듯 옆으로 혹은 뒤로 물러나 버렸다.

미리 상대가 움직일 방위를 예상하고 그 경로를 향해 오러네일을 휘두르는 것도 소용이 없었다. 마침 짐작이라도 한 것처럼 그쪽으로 움직이지 않았다.

쿠우워어어!

매번 자신의 공격은 빗나가고 상대의 오러블레이드는 자신의 몸을 베자 화가 머리끝까지 치민 다크오우거 보스가 분노에 가득한 고함을 질렀다.

피어는 아니다. 그저 너무 답답해서 소리를 지른 것이다.

그런데 고함을 지른 직후 갑자기 몸이 굳었다. 그리고 자신의 눈 정면을 가리키고 있었던 백색의 불쾌한 검 끝이 순간적으로 가까워졌다.

푹!

처음에는 뭔가 싶었다. 아무런 고통도 없었으니까.

그런데 금방 다른 감각이 느껴졌다.

꽝!

날카로운 백색 꼬챙이가 뚫고 들어간 머릿속에서 뭔가 폭발했다. 그리고 시야가 붉게 변하는가 싶더니 의식이 끊겼다.

쿠웅!

파르야 진작 회수했지만 방금 전만 해도 무지막지한 살기를 뿜어내고 있던 눈에서 빛이 사라진 다크오우거 보스는 이제야 옆으로 넘어가고 있었다.

'진작 이렇게 할걸.'

상대의 강함과 거대화 스킬에 매료되어 공연히 시간만 끌었다.

놈이 고함을 지르는 순간 염력으로 구속하는 동시에 파르에 의념으로 확장 명령을 내렸다.

순식간에 길어진 파르가 놈의 이마 한가운데를 뚫고 깊이 박히는 순간 음양의 화기를 주입한 후 폭발시켜 두개골 내부를 깔끔하게 태워 버렸다.

이 모든 과정이 1초 내에 이루어졌다. 그리고 그 결과는 순수한 전투력으로는 자신과 비등한 다크오우거 보스의 죽음이었다.

가온은 곧바로 파워드레인 스킬로 체외로 방출되기 시작한 다크오우거 보스의 에너지를 흡수했다.

'역시 생각 이상으로 어마어마하네.'

마치 해일처럼 들어오는 마나를 일단 갈무리한 가온은 거대한 사체를 아공간에 챙겨 넣었다.

'아!'

안내음과 함께 보스를 처치한 것과 관련된 홀로그램이 뜨는 순간 일행이 생각났다. 다크오우거 보스에게 너무 집중하고 있었던 것이다.

'괜찮겠지?'

그렇게 생각해 보지만 불안했다.

일행이 매복한 함정으로 향한 암컷이 1마리가 아니라 2마리였으니 말이다.

서둘러 거대화 스킬을 해제한 가온은 쾌보 스킬과 질주 스킬을 최대한으로 발동해서 숲으로 달려갔다.

순식간에 도착한 물웅덩이에는 암컷 4마리의 사체로 가득 채워져 있었다. 그리고 그 주위에는 일행이 주저앉거나 쓰러진 채로 거친 숨을 헐떡이거나 고통 어린 신음을 토하고 있었다.

"하악!"

"흐윽!"

가온의 시선은 끙끙 앓고 있는 아레오에게 향했다.

"아레오!"

날듯이 달려간 아레오의 상체는 피범벅이었는데 찢어진 방어구 사이로 삐져나오는 창자가 드러나 있었다.

그리고 그 옆에는 얼굴이 하얗게 질린 아나샤가 가쁜 숨을 쉬며 누워 있었는데 완전히 탈진한 모습이었다.

"오, 온 랑."

고통이 심한지 눈을 꽉 감고 이를 악물고 있던 아레오가 피 칠갑을 한 얼굴로 희미하게 웃으며 그를 불렀다.

"흐으. 온 랑, 아, 아레오가 위험해요. 지혈은 했는데 배 부분이 길게 찢어졌고 갈비뼈도 몇 개가 부러졌어요. 더 치료를 해야 하는데 힘을 모두 소진해서. 어떻게 해요?"

겨우 눈을 떴지만 일어날 힘은 없는지 아나샤가 가냘픈 목소리로 아레오의 상태를 설명했다.

가온은 아레오의 상체 방어구의 전면을 단검으로 조심스럽게 자른 후 환부를 자세히 살펴보았다.

날카로운 무언가에 의해 가슴 한가운데부터 아랫배까지 비스듬하게 찢겨 있어 장기와 내장이 드러난 상태였다.

'다행히 출혈은 잡았어.'

아나샤가 신성 치료로 혈관과 신경조직은 치료를 한 것이다.

'하지만 대장과 소장 일부가 찢어졌어.'

췌장처럼 내부에 있는 장기는 확인할 수 없었지만 찢긴 피부 사이로 보이는 장기들이 변색되지 않은 것을 보면 다크오우거의 손톱이 직접 닿은 건 아니다.

썩은 냄새도 나지 않는 것으로 보아 아마도 아나샤가 치료를 하면서 정화를 했으리라.

그렇다면 공기에 노출되어 감염되었을 가능성도 희박했다.

'암컷 중에도 오러네일을 사용할 정도로 강력한 개체가 있었네.'

그랬으니 네 사람이 빈사 상태에 빠진 것이리라.

문제는 부러진 갈비뼈가 양쪽을 합해서 무려 여덟 개라는 사실이다. 그래도 다행한 것은 부러진 갈비뼈가 장기를 손상시키지 않았다는 점이다.

과연 이 세계의 신성 마법으로 치료가 가능한지는 알 수 없지만, 이대로 두면 출혈 과다 혹은 쇼크로 죽을 수도 있었다.

가온은 포션을 꺼내려고 하다가 손을 멈추었다.

'내겐 아직 엄청난 신성력이 남아 있어.'

매직 아이템 사용을 최소화해야 한다는 원칙을 떠올린 가온은 일단 신성 치료를 시도해 보기로 마음먹었다.

하지만 걸리는 점이 있었다. 그가 보유한 홀리큐어 스킬은 E등급이라 치료 효과를 장담할 수 없었다.

가온은 서둘러 아공간을 뒤져 스킬 진화권을 찾았고 바로 사용해서 홀리큐어를 C등급으로 진화시켰다.

그러자 머릿속으로 홀리큐어를 사용하는 방법이 전해졌다.

'신성력과 치료 의지가 중요할 뿐 특별한 점은 없네.'

가온은 아레오의 열린 배 바로 위에 손바닥을 올린 후 홀리큐어 스킬을 발동했다.

좌아아아.

손바닥을 통해서 가온의 의지가 심어진 신성력이 방출되더니 이내 상체를 감쌌다.

초당 100의 신성력이 빠져나가고 있었지만 가온이 보유한 양에 비하면 얼마 되지 않는다.

신성력은 본래 면역력과 자가 치료 능력을 극대화시키지만 그 과정에서 좋지 않은 균이나 기운을 정화하고 장기나 뼈를 본래 상태로 되돌리려는 힘을 가지고 있다.

거의 3분에 가깝게 홀리큐어를 시전하던 가온의 굳었던 얼굴이 비로소 풀어졌다.

'됐어!'

손상되었던 장기가 제자리를 찾아갔고 부러졌던 갈비뼈가 달라붙었으며 찢긴 부분도 자연스럽게 붙어서 분홍색 흔적만 남았다.

거의 처음 써 본 신성 치료였지만 성공이다. 이제 편해진 아레오의 얼굴이 그것을 증명했다.

하지만 그녀의 얼굴은 아나샤만큼 창백했다.

'과다출혈 때문이야.'

그건 허니비 희석액으로 충분히 해결할 수 있었다.

서둘러 아레오에게 허니비 비약을 먹이고 아공간에서 외출복 하나를 꺼내 개방된 상체를 덮어 준 가온은 그제야 아나샤에게 눈길을 돌렸다.

아나샤는 여전히 누워 있는 상태지만 자신을 큰 눈으로 뚫어지게 쳐다보고 있었다.

"아나샤는 다친 데 없어?"

"그, 그거! 방금 온 랑이 한 거 뭐예요?"

"홀리큐어라는 신성 치료 마법이야."

"호, 혹시 우트님의 신탁을 받은 건가요?"

표정을 보아하니 우트 신으로부터 직접 치료술을 배운 거라 생각한 모양이다.

"아니야. 내가 직접 날 치료해야 하는 상황이 생겨서 갓상점을 통해 배워 둔 거야."

던전에 들어오기 전에 이미 갓상점에 대해서 알려 주었다.

"아! 갓상점이라는 곳에서 신성 마법에 대한 스킬들도 판매하는 건가요?"

가온이 고개를 끄덕이자 아나샤의 눈빛이 아주 강렬해진다.

"그럼 저도 곧 갓상점에 접속할 자격을 얻겠죠?"

"당연하지. 암컷 중에서 굉장히 강력한 놈들을 네 사람이 힘을 합쳐서 사냥했으니 상당한 기여도를 인정받을 수 있을 거야. 그런데 생사의 신전에는 이런 치료술이 없어?"

"우리 생사의 신전은 물론이고 다른 신전의 사제들도 신성력을 이용해서 치료를 할 수 있지만, 해당 부위에 신성력을 방출해서 정화나 지혈 그리고 외상 정도를 치료하는 수준에 불과하고, 신성력이 너무 많이 소모되어 어지간하면 사용하지 않아요."

그랬구나. 이곳은 탄 차원에 비해서 일반 마법의 수준만 떨어지는 것이 아니라 신성 마법의 수준도 많이 낮다.

"아무튼 다친 곳은 없어?"

"저는 없어요. 다만 신성력이 고갈되어 힘이 하나도 없어요."

"일단 이걸 먹고 좀 쉬어. 신성력은 몰라도 체력은 금방 회복될 테니까."

가온은 직접 허니비 비약의 마개를 따서 먹여 주고 그녀를 안아서 아레오의 옆에 눕혔다. 그쪽이 좀 더 깨끗하고 편평했다.

보상

　그런 다음에야 차링과 야쿰바에게 시선을 돌렸다. 마침 두 사람은 부러진 나뭇등걸에 등을 대고 앉아 핼쑥한 얼굴로 가온을 쳐다보고 있었는데, 신성 치료를 하는 과정을 모두 봐서 그런지 눈빛이 너무나 뜨거웠다.

　"둘 다 괜찮소?"

　"다리가 부러지긴 했지만 괜찮아요."

　"저 역시 마지막 일격을 피하지 못하고 옆구리가 뜯겨 나갔지만 큰 부상은 아닙니다."

　차링은 왼쪽 허벅지 뼈가 부러졌고 야쿰바는 옆구리 살이 주먹 크기만큼 떨어져 나가는 부상을 입었다.

　"좀 봅시다."

두 사람에게 다가간 가온이 다시 홀리큐어 스킬을 펼쳤고, 채 10분도 되지 않아 두 사람은 핼쑥한 낯빛을 빼면 다크오 우거를 사냥하기 이전의 상태가 되었다.

"이걸 먹으면 체력이 빠르게 회복될 거요."

가온이 한층 더 강렬해진 눈빛으로 뭔가 물으려는 두 사람에게 비약을 내밀었다.

"나도 이젠 좀 쉬어야겠소. 무슨 일이 생기면 바로 소리를 치시오."

그렇게 말한 가온은 아레오와 아나샤의 옆에 자리를 잡고 연공을 시작했다. 전력을 다한 것은 아니지만 그 역시 지친 상태였기 때문이다.

가온이 차원석을 챙기자 던전을 클리어했다는 내용과 함께 업적에 따른 보상으로 갓상점의 접속권과 명예 포인트가 주어졌다. 당연히 네 사람에게도 해당되는 사항이었다.

"세상에! 온 랑의 말이 정말이었어!"

"갓상점이 정말 존재하고 있었다니!"

네 사람은 처음 접하는 홀로그램에도 불구하고 놀라기는 커녕 잔뜩 흥분했다. 가온이 말했던 그대로 일이 진행되었기 때문이다.

"온 랑, 당장 갓상점에 접속해도 돼요?"

아나샤의 질문에 가온을 주시하는 다른 세 사람의 눈도 초롱초롱했다.

"물론이지. 그리고 처음 접속할 때는 획득한 명예 포인트와 상관없이 선택할 수 있는 스킬이나 아이템이 있으니 잘 골라 봐. 처음으로 접속했을 때만 주어지는 혜택이니까."

그러자 네 사람은 바로 갓상점에 접속했다. 그리고 시스템을 파악하는가 싶더니 이내 첫 접속 시에 주어지는 특전으로 구입할 스킬과 아이템 들을 검색하기 시작했다.

그렇게 자신만의 시간을 가지게 된 가온은 상태창을 열어 변한 내용을 훑어보았다.

'이제 517레벨이라. 확실히 던전이 최고야!'

다크오우거 보스가 그만큼 강하다는 점도 고려가 되었겠지만, 밖에서 다크오우거 4마리를 사냥했을 때와 비교하면 던전에 관련된 특성의 효과는 어마어마했다.

아마 던전 밖이었다면 기껏해야 5 정도가 오르는 데 그쳤을 것이다.

에너지 스텟의 변화도 보면 볼수록 흐뭇했다.

그동안 사냥한 놈들을 대상으로 꾸준히 파워드레인을 한 결과인지 아니면 차원 이동을 한 후 시간이 날 때마다 운공했던 연공의 효과인지는 알 수 없었지만, 항목마다 최소 3만 이상 상승해 있었다.

물론 가장 크게 상승한 에너지는 신성력이다. 최대치가 무려 114만이 넘었으니 말이다.

'문제는 아나샤를 통해 전해진 하루짜리 최대치인지 아니면 고정값인지 알 수 없지만.'

그건 던전을 나간 후 아나샤와 하룻밤을 보내면 바로 확인할 수 있었다.

신성력 다음으로 크게 오른 항목은 마기와 비슷한 것으로 추정하는 흑마력이었다. 무려 10배 가까이 늘어났으니 말이다. 하지만 상승률을 생각하면 재생력이 가장 많이 올랐다. 무려 13배 가까이 올랐다.

'이 정도면 트롤급은 되는 건가?'

그의 사냥이나 전투 방식은 주어진 것을 모두 이용하고 되도록 원거리 공격을 지향하기 때문에 부상을 입은 적이 거의 없어 아직 시험해 볼 기회는 없었다.

'안 다치는 게 최고지.'

재생력만 믿고 무리한 전투를 치를 생각은 전혀 없었다.

일반 스텟도 200에서 400 사이의 증가 폭을 보였다. 이젠 육체 능력만으로도 어지간한 마수나 몬스터는 충분히 사냥할 수 있을 정도가 된 것이다.

'명예 포인트도 쏠쏠하게 받았네.'

바닥까지 떨어졌다가 다시 400만 포인트를 넘겼다. 물론 차원 이동 전에 쌓아 두었었던 포인트와 비교하면 옹색한 수준이지만 말이다.

이번에는 스킬창을 열어 보았다.

'페트라 궁술의 레벨이 올랐네.'

그 밖에도 쾌보와 질주 스킬의 레벨이 1씩 올랐다.

'이제 스킬 레벨을 올리기가 쉽지 않네.'

워낙 다양한 스킬을 사용하다 보니 이렇게 된 것이지만 후회는 없었다.

보유한 스킬을 두루 쓰기로 마음먹었으니 말이다.

아쉬운 것도 있었다. 다크오우거 던전 정도로는 제대로 된 업적으로 인정할 수 없는지 처음으로 특성이나 스킬 그리고 아이템과 같은 보상이 전혀 없었기 때문이다.

'아쉽지만 어쩔 수 없지.'

다크오우거들이 빠져나가지 않은 상태라고 해도 혼자서 하루 정도면 충분히 클리어할 수 있으니, 보상을 더 바라는 건 자신이 생각해도 도둑놈 심보였다.

그렇게 자신의 상태와 스킬의 변화를 확인한 가온은 묘한 미소를 지으며 갓상점과의 접속을 끊은 것으로 보이는 아레오를 볼 수 있었다.

"좋은 스킬을 골랐어?"

"네, 온 랑. 제 생각에도 꼭 필요한 스킬 같아요. 스킬북을 여는 것만으로 스킬을 익힐 수 있다니 정말 대단해요."

"어떤 마법을 골랐는데?"

아레오라면 당연히 위력적인 마법이 수록된 매직북을 골랐을 것이다.

"마법이 아니라 스킬이에요."

"스킬? 무슨 스킬인데?"

마법도 스킬의 범주에 들어가는데 왜 스킬임을 강조하는지 모르겠지만 궁금했다.

"음양대법요."

"음양대법? 처음 듣는 것 같은데."

"그게, 남녀의 교합과 관련된 스킬이에요. 교합 자세와 횟수는 물론이고 호흡법까지 포함되어 있는데 궁극적으로는 상대와 영혼과 육체를 일체화되는 경지를 추구하는 내용이에요."

'헉!'

영락없는 방중술에 대한 설명이다. 그렇다면 방중술을 골랐단 말인가?

"제가 나이만 먹고 몸을 제대로 가꾸지도 못했고 교합에 대해서는 아는 것이 거의 없어서 온 랑을 제대로 만족시켜 주는지 확신이 없기도 하지만, 음양대법을 함께 익히면 몸매도 좋아지고 상대를 자극하는 페로몬도 강해져서 시간이 지나도 절대로 상대에게 질리지 않고 늘 새로운 기분과 감각으로 사랑할 수 있게 해 준다고 했어요."

"하아."

할 말이 없다. 마법밖에 모를 것 같던 아레오였기에 더욱 황당했다.

'그래도 흐뭇하기는 하네.'

자신을 사랑하는 아레오의 마음이 절절하게 느껴졌다.

아나샤는 가온이 일전에 말한 '홀리아이스'를 선택했다. 신성력으로 마수와 몬스터 들을 디버프시키는 동시에 몸을 얼리기 때문에 딜러들에게 큰 도움이 될 수 있는 신성 마법이었다.

차링은 원소력을 강화시켜 주는 영약을 선택했고 야쿰바는 일전에 했던 가온의 조언대로 좌식 마나 연공법을 골랐다.

달리아트족은 전승되는 좌식 마나 연공법이 따로 없었기 때문이다.

"자, 이제 나갑시다."

차원석을 챙겼으니 일정 시간 후에는 던전이 부서질 것이다.

하마터면 죽을 뻔했지만 이곳으로 올 때처럼 구조물에 몸을 고정한 상태로 비행을 기다리는 사람들의 얼굴은 밝았다.

이 던전을 통해서 기득권층이 독점하고 있던 비밀을 알게되었고 갓상점을 통해서 특별한 스킬을 얻을 수 있었다.

"나가면 바로 뤼나웜 사냥을 시작하는 거죠?"

"그래야지. 일단 근처 도시에서 하루 정도만 쉬고."

홀리큐어로 치료는 했지만 혹시 모를 후유증에 대비해서

하루 정도는 푹 쉬어야만 했다.

가온의 대답에 말은 안 했지만 내심 휴식을 원했던 사람들의 얼굴이 환해졌다.

던전을 나온 가온 일행은 이제 곧 해가 질 시간이라 굳이 걸어서 이동할 필요를 느끼지 못했다.

그래서 계속 비행을 해서 소탐이라는 이름의 작은 도시 근처까지 이동했다.

이번에는 넷 모두 비행의 진짜 재미를 느끼는지 무척이나 밝은 얼굴이었다.

비행에 적응도 했지만 붉게 물드는 하늘을 새처럼 기류를 타고 비행하는 건 자신들이 아니면 누구도 할 수 없는 경험이었다.

"온 랑, 어디에서부터 사냥을 시작할 생각이에요?"

"서쪽 끝에서부터 동쪽으로 이동하면서 할 생각이야."

뤼나웜이 한번 지나간 땅은 황무지가 되기 때문에 놈들이 아직 먹어 치우지 않은 경계 부근에만 모여 있다는 사실은 이들도 이미 알고 있었다.

"그렇게 되면 시간은 많이 걸리겠지만 놓치는 놈은 없겠네요."

가온은 아레오의 말에 아무 대답도 하지 않았다.

'그럴 리가 없지.'

이 큰 대륙 전체에 퍼져 있는 뤼나웜을 완벽하게 박멸하는 건 불가능한 일이다.

이미 놈들 중에는 다양한 변종이 출현했기 때문에 이미 사람들의 눈길이 미치지 않는 곳까지 진출한 경우도 있을 것이다.

그래도 숫자가 줄어들면 인간들의 힘만으로 충분히 제어하거나 관리할 수 있을 테니 가온은 다만 최선을 다할 뿐이다.

소탐 시티는 규모는 작았지만 상행이 많이 경유하는 경로에 위치해 있어 여관들이 많았다.

가온은 그중에 가장 화려해 보이는 여관을 골랐고 가격은 좀 비쌌지만 방을 보고 충분히 만족할 수 있었다.

차링과 야쿰바는 식당이 있는 본관의 1인실에 투숙했고 가온과 두 사람은 별채를 쓰기로 했다.

저녁 식사도 만족스러웠다. 과연 돈값을 하는 것 같았다. 다들 정신없이 먹었으니 말이다.

그렇게 식사를 마친 후 야쿰바와 차링 남매는 갓상점에서 구입한 영약을 복용하고 마나 연공법을 익히기 위해서 서둘러 방으로 돌아갔다.

"너무 많이 먹었나 봐요. 배가 터질 것 같아요. 우리는 산책 좀 해요."

아레오의 제안에 속이 좀 더부룩했던 가온과 아나샤도 찬성해서 시청을 비롯해서 이곳저곳을 구경했는데, 마땅히 살물건은 없었다.

그래도 누가 사랑에 빠진 여자가 아니랄까 봐 아레오와 아나샤는 옷가게에서 한동안 머무르며 수십 번이나 옷을 갈아입더니 기어코 세 벌씩 샀다.

그렇게 쇼핑을 마치고 여관으로 돌아오니 이미 밤이 이슥해졌다.

이곳은 거리에 일정 거리마다 횃불을 밝혔지만 그래도 시간이 늦어지자 빠르게 인적이 끊겼다.

별채는 큰 방이 두 개가 있었는데 아레오가 가온의 팔짱을 끼고 한 방으로 들어가면서 아나샤에게 눈을 찡긋했다.

"언니, 약속은 지켜야지요?"

"아, 알았어."

던전에서 가온을 독점했던 일을 거론하자 아나샤가 실망한 얼굴로 힘없이 고개를 끄덕였다.

갓상점에서 구입한 홀리아이스의 내용에 대해서 가온과 연구를 해 보려고 했는데 포기해야만 했다.

"무슨 얘기야?"

"호호호. 별거 아니에요."

농염한 미소를 짓는 아레오에게 이끌려 방으로 끌려 들어간 가온은 이내 아나샤를 잊어버렸다. 그만큼 아레오가 강하게 적극적인 육탄공세를 해 온 것이다.

가온은 자세를 바꿀 때마다 약간 짜증이 났다. 달아올랐던 흥분을 억지로 가라앉혀야만 했기 때문이다.

음양대법의 내용을 미리 듣기는 했지만 자신이 직접 익힌 것이 아니라서 정확한 자세를 취하는 것도, 자세를 취하면서 어떤 호흡을 하는지 등 불확실한 것들이 너무 많았다.

게다가 자세들이 너무 노골적이고 민망하기 때문에 아무리 성에 호기심이 강한 아레오라도 부끄러워 버벅거릴 수밖에 없었다.

음양대법은 제대로 된 자세를 취하는 것이 아주 중요했다. 정확한 자세를 취할 때만 상대의 음기나 양기를 받아들이거나 주기가 쉬웠기 때문이다.

결국 가온은 갓상점에 접속해서 음양대법을 구입하는 것으로 해결을 했다.

'1만 포인트의 가치는 충분하네.'

의도치 않았던 지출이었지만 충분히 만족했다.

음양대법은 단순히 교합 시 쾌감을 증폭시키는 방중술이 아니었다.

교합을 하면서 남성의 양기와 여성의 음기를 서로 교환함으로써 건강 증진과 더불어 두 사람의 일체감을 높이는 수준 높은 일종의 연공법이었다.

쾌감이 치솟을 때 인내하고 자세를 바꾸는 것이 좀 귀찮고

짜증이 났지만, 일종의 연공술처럼 동작과 호흡을 일치시키는 것뿐 아니라 상대의 양기와 음기를 일정한 마나로드를 경유하는 과정에서 몸의 활력을 높이고 쾌감을 증폭시키니 하면 할수록 빠져들 수밖에 없었다.

음양대법의 내용대로 오랫동안 함께 음양대법을 연성하면 확실히 사랑은 깊어지고 두터워질 것 같았다.

음기와 양기를 교환하는 과정에서 순간이지만 상대와 영육이 일체화되는 황홀한 감각을 느낄 수 있었기 때문이다.

결국 아레오는 밤새 사랑을 하겠다는 처음의 생각과 달리 자정 무렵에는 완전히 지쳐 곯아떨어졌다.

그래도 잠이 든 그녀의 얼굴에 떠올라 있는 미소에는 강한 만족감과 행복감으로 가득했다.

가온은 온몸이 땀으로 범벅이 된 상태로 기절하듯 잠든 아레오를 아무리 흔들어도 깨어나지 않자 포기하고 실내에 비치된 물에 수건을 담가 몸을 닦아 주었다.

그리고 혼자 조용히 욕실로 향했다.

거의 3시간에 가깝도록 아레오의 요구에 따라 다양한 자세로 사랑을 했지만, 음양대법의 효과 덕분인지 그리 피곤하지는 않았다.

자세를 바꾸고 호흡에 신경을 쓰느라고 제대로 된 폭발을 하지 못해서 뭔가 미진한 것이 남은 것 같은 상태였다.

'술이라도 한잔해야겠네.'

아레오가 혼자 뻗지만 않았어도 더 높은 수준의 음양대법을 경험했을 텐데, 조금 아쉬웠다.

씻고 나온 가온은 가운 하나만 걸친 채 응접실에 자리를 잡았다.

아공간에서 막 와인 병을 꺼냈을 때 불이 꺼져 있던 방에서 아나샤가 나왔다.

"온 랑."

"안 잤어?"

"한숨 자고 일어났어요. 피곤했는지 침대에 눕자마자 잠이 들었는데, 아레오가 얼마나 소리를 지르는지……."

그냥 하는 소리는 아닌 듯 낯빛이 한층 좋아졌다.

게다가 확실히 아레오의 교성은 붙어 있는 방에서 자고 있는 사람을 깨울 정도로 크고 자극적이기는 했다.

"온 랑은 안 피곤해요?"

아레오로 하여금 그렇게 교성을 지르게 만들었는데도 안 피곤하냐는 뜻이다.

"아레오가 갓상점에서 구입한 음양대법을 시험해 보느라고 신경을 썼더니, 몸은 살짝 피곤한데 머리는 깨어 버렸어요."

"음양대법요? 그게 뭐예요?"

가온은 아는 대로 설명을 해 주었는데 내용이 깊어질수록 아나샤의 눈빛이 아주 요염해졌다.

"저도 배울 수 있는 거죠?"

"그거야 어렵지는 않은데…… 아니, 같이하자."

음양대법을 한번 시행해 봤지만 효과는 너무 뚜렷하니 아나샤도 같이하면 좋겠다는 생각이 들었다.

"그런데 자세가 너무 적나라해서 아나샤에게는 부담스러울 수도 있는데, 어쩌지?"

"온 랑에게 부담스러운 일은 없어요. 사랑을 더욱 깊고 단단하게 만들어 준다니 꼭 같이 익히고 싶어요."

"그럼 함께 익힙시다."

결국 가온은 새벽까지 잠을 자지 못했다. 아나샤도 표현을 안 해서 그렇지 이제 막 눈을 뜬 성과 사랑에는 무척이나 적극적이고 뜨거운 여자였다.

게다가 뜻밖의 수확도 있었다. 음양대법으로 서로의 음기와 양기만 주고받는 것이 아니라 신성력까지 주고받을 수 있게 된 것이다.

아나샤의 몸을 매개로 우트 신이 전해 준 신성력은 하루만 사용할 수 있었지만 두 사람은 음양대법을 통해 그 신성력을 서로 주고받으면 신성력을 받아들일 수 있는 그릇이 커진다는 사실을 확인할 수 있었다.

그러니 가온이나 아나샤나 더욱 음양대법에 열중할 수밖에 없었다.

물론 그 과정에서 이전에 경험했던 것보다 훨씬 강렬한 쾌감도 함께 느끼게 된 것은 부가적인 효과에 불과했다.

다음 날 아침, 가온은 혼자 식당으로 향했다. 아레오와 아나샤는 완전히 곯아떨어졌기 때문이다.

'우트 신이 전해 주는 신성력이 증가했어!'

음양대법 덕분인지 아니면 매개체가 되는 아나샤의 신성력이 높아져서 그런지는 알 수 없었지만 대략 2할 정도가 늘어났다.

음식이 나오기를 기다리면서 그런 생각을 하고 있을 때 차링과 야쿰바가 내려왔다.

"영약은 복용했어?"

"네! 효과가 엄청나요! 이전보다 원소력을 훨씬 쉽고 빠르게 운용할 수 있고 다룰 수 있는 원소력의 크기도 굉장히 커졌어요."

계량을 할 수 없으니 이렇게 표현하는 것일 텐데 몸에서 방출되는 원소력을 보면 확실히 영약이 능력을 크게 높여 준 것 같았다.

"야쿰바는 어때?"

"정말 익히길 잘했습니다. 마나 축적량 자체가 다르더군요. 저희 일족에게도 내려오는 마나 연공법이 있지만, 이 정도로 체계적이지도 않거니와 조용한 곳에서 앉은 자세로 연공을 하는 것이 아니라 몸을 직접 움직이는 방식입니다."

아직도 이 세계에 대해서 아는 것이 많지 않은 가온이지만 마나가 탄 차원보다 세 배 가까이 농밀한 이곳에서는 보통 호흡과 동작을 일치시키는 일종의 체조를 통해서도 충분히 마나를 축적할 수 있다는 사실 정도는 알고 있었다.

그래서 이왕이면 마나를 쌓는 효율이 높은 좌식 마나 연공술을 익혀 보라고 권했는데, 어제와 달리 정광이 번뜩이는 야쿰바의 눈만 보더라도 큰 효과가 있었던 모양이다.

"확실하지는 않지만 이전에 비해 훨씬 더 큰 힘을 낼 수 있을 것 같습니다. 더 적은 양의 마나로 비슷한 위력을 낼 수도 있을 것 같고요."

가온의 기준에서는 기초적인 마나 연공술이지만 명확하게 마나로드를 인지하면서 마나의 흐름을 고찰하는 것만으로도 마나의 질이나 순도가 높아지니 당연히 실력이 높아질 수밖에 없었다.

"그런데 두 언니는요?"

"너무 일찍 자서 새벽에 깨어 버리는 바람에 술을 마셨어. 그래서 늦잠을 자네."

"아!"

차링이 알았다는 듯 탄성을 질렀지만 눈빛은 아주 묘했다. 홍조 띤 얼굴에 자신도 다 안다는 것 같다는 눈빛이었다.

아레오와 아나샤가 빠졌지만 세 사람은 맛있게 식사를 했다. 각기 다른 이유로 배가 무척 고팠고 음식은 맛있었다.

"온 님, 그런데 명예 포인트는 던전에서만 얻을 수 있는 겁니까?"

그렇게 묻는 야쿰바나 포크질을 멈춘 차링의 눈에는 이글거리는 욕망의 빛이 가득했다.

"꼭 그런 건 아니야. 내 일을 돕는 것만으로도 엄청난 포인트를 얻을 수 있지."

"정말입니까?"

"당연하지."

자신이 받은 의뢰이기는 하지만 조력자들에게도 당연히 보상이 있을 것이다.

'없다면 내가 주고.'

물론 포인트는 양도할 수 없으니 현금으로 주거나 뤼나웜의 사체로 줄 것이다. 그걸로 갓상점에서 명예 포인트를 구입하면 되니 말이다.

식사가 끝나갈 때가 되어서야 아레오와 아나샤는 배부른 고양이의 분위기를 풍기며 느긋한 걸음으로 식당으로 들어왔다.

"언니들이 하루 사이에 살이 많이 빠진 것 같아요. 아니야. 그냥 살이 빠진 게 아니라 몸의 굴곡이 훨씬 더 뚜렷해졌네. 미용에 좋은 영약이라도 구입한 걸까?"

가온은 야쿰바와 함께 차링의 말을 들었지만 대답을 해 줄 수는 없었다.

'음양대법에 체형 교정의 효과도 있었네.'

체형 교정만이 아니었다. 두 사람의 얼굴을 포함해서 드러난 피부는 어제와 달리 윤기가 좔좔 흘러서 미모가 한결 더 살아났다.

조식은 따로 시킬 필요가 없었다. 두 사람이 자리에 앉자 바로 준비된 요리가 나왔는데, 방금까지 풍겼던 분위기와 달리 포크질의 속도는 빨랐고 순식간에 음식이 사라졌다.

가온은 두 사람이 얼마나 배가 고플지 잘 알고 있었지만 차링과 야쿰바는 평소에 많이 먹는 편이 아니었던 두 사람의 놀라운 식사 모습에 좀 질린 얼굴이 되었다.

식사 후 차링은 야쿰바와 함께 시티 밖으로 나가서 급증한 원소력을 다루는 훈련을 하기고 했고, 가온과 아레오 그리고 아나샤는 종일 별채에서 나오지 않았다.

"그 자세가 아니라고. 그래, 다리를 조금 더 벌려!"

"언니, 언니 차례가 될 때까지 조용히 지켜보든가, 아니면 다른 방으로 가 있으면 안 돼요?"

"나도 그러고 싶은데 이왕 익힌 거 서로 조언을 해 주면서 빨리 익히면 좋잖아."

"하잉. 민망하단 말이에요. 언니 시선 때문에 집중이 안 되어서 동작을 제대로 취했어도 호흡의 길이를 조절하지 못하잖아요."

"그런 거치고는 좋아 죽겠다는 얼굴인데."

"제발 좀 나가 줘요!"

"같이 온 랑과 사랑을 한 게 하루 이틀도 아닌데 왜 내외를 하려고 해?"

"캄캄한 어둠 속에서 사랑을 나누는 것과 지금은 다르잖아요."

"나도 민망한 건 마찬가지야. 하지만 음양대법의 효과가 대단하다는 것을 확인했으니, 한시라도 빨리 익혀야지."

"알았어요. 언니는 이상한 곳에서 집요한 구석이 있어요. 지금 이 자세는 어때요?"

"맞는 것 같아. 그대로 18회를 움직이면 돼. 호흡의 길이에 유념하고. 쾌감 때문에 자세와 호흡이 흐트러지면 다시 해야 하니까 조심해."

"정말 민망해!"

정말 민망한 것은 가온이지만 내심 좋았기 때문에 아무 말도 하지 않았다.

각기 다른 매력과 개성을 가진 두 미녀와 대낮에 알몸으로 이렇게 즐길 수 있는 시간이 앞으로 얼마나 될지 알 수 없으니 일단 즐기자는 생각이었다.

다음 날 새벽 가온 일행은 소탐 시티를 떠났다.

"이렇게 어두운데 괜찮을까요?"

뼈 구조물에 자신의 허리를 단단히 결박하던 차링이 불안한 얼굴로 물었다.

그믐이 가까워졌는지 달빛이 거의 없었고 해가 뜨려면 아직 시간이 더 있어야 했기 때문에 주위는 굉장히 어두웠다.

"온 랑이 괜찮으니까 출발하자고 했겠지."

차링의 양발을 구조물에 단단히 고정시켜 주던 아레오가 덤덤한 얼굴로 대답했다.

"그렇겠죠? 그런데 언니는 정말로 우리 다섯 명이 뤼나웜을 박멸할 수 있을 거라고 믿어요?"

"응. 온 랑을 믿으면 돼."

"무, 물론 그렇기는 한데……."

차링도 가온이 미스릴급 전사이며 자신들 네 사람을 달고도 비행을 할 수 있는 놀라운 아이템까지 소유하고 있다는 사실은 잘 알지만 뤼나웜은 전투력으로는 쉽게 어쩌지 못하는 마수였다.

무엇보다 수가 너무 많았다.

'수천만, 아니 억이 넘을지도 몰라.'

지구와 달리 이곳에서는 억이라는 단위는 전문적으로 수를 다루는 이들도 거의 생각하지 못할 정도로 어마어마한 숫자였다.

뤼나웜에 대한 정보는 비교적 자세히 알려져 있다. 그중에서도 놈들은 암컷이 따로 없으며 한 마리가 한 달에 100개의 알을 낳는다는 내용은 누구나 알고 있는 사실이다.

한 마리가 한 달 후에는 100마리가 되고 두 달 후에는 1만 마리, 석 달 후에는 100만 마리가 되는 것이니 지금 놈들의 숫자는 그야말로 천문학적일 것이다.

아무리 가온과 자신들의 능력에 확신을 가지고 있다고 해도 질릴 수밖에 없었다.

"그만! 우리는 그저 온 랑만 믿으면 돼. 만약 박멸하지 못한다고 해도 숫자를 줄이는 것 자체가 인류에게 큰 의미가 있으니까."

"그렇긴 하죠."

차링이 생각해 보니 아레오의 말이 맞았다. 누구는 바닷물 한 바가지를 퍼낸다고 바다에 무슨 영향이 있겠냐고 말할지 모르겠지만 의지가 중요했다.

뤼나웝을 피해 도망쳤거나 불안해하는 사람들이 한 바가지씩 퍼낸다면 바다라도 영향이 없지는 않을 것이다.

게다가 자신과 큰오빠는 거금을 받기로 계약을 했으며, 가온의 선의로 던전에 들어가서 대부분의 사람들이 알지 못하는 짜릿한 지식을 얻고 새로운 경험을 하지 않았던가.

그러니 누구도 대답할 수 있는 문제는 단순한 큰오빠처럼 아예 생각조차 하지 말고 계약을 충실히 이행하면 되는 것이다.

다음 권으로 이어집니다

꿈의 도약, 로크에서 하십시오
(주)로크미디어에서 신인 작가를 모십니다

즐거운 세상, (주)로크미디어는 꿈을 사랑하고 도전을 두려워하지 않는 작가분들의 참신한 작품을 기다리고 있습니다. 21세기 장르 문학계를 이끌어 갈 차세대 선두 주자 (주)로크미디어에서 여러분의 나래를 활짝 펴 보시길 바랍니다.

모집 분야 판타지와 무협을 포함한 장르 문학
모집 대상 아마추어 작가, 인터넷 작가
모집 기한 수시 모집

작품 접수 시 유의 사항

1. 파일명은 작가명_작품명.hwp 형식을 갖춰 주십시오.
1. 파일에 들어갈 내용은 다음과 같습니다.
   - 성명(필명인 경우 실명을 밝혀 주세요), 연락처, 이메일 주소.
   - 제목, 기획 의도.
   - A4용지 1장 분량의 등장인물 소개.
   - A4용지 2장 분량의 전체 줄거리.
   - 본문.
1. 작품이 인터넷에 연재되고 있다면, 게시판명과 사이트의 구체적이고 정확한 주소를 기재해 주십시오.

선택된 작품은 정식 계약 후 출판물로 간행되어 전국 서점에 유통됩니다.
작가분은 (주)로크미디어의 전폭적인 지원하에 전속 작가로 활동하시게 됩니다.
※ 자세한 내용은 로크미디어 홈페이지(rokmedia.com)를 참조하세요.

(03920)서울시 마포구 성암로 330 DMC첨단산업센터 3층 318호
(주)로크미디어 편집부 신간 기획 담당자 앞
전화 : 02)3273-5135
www.rokmedia.com   이메일 : rokmedia@empas.com

만렙닥터

13월생 현대 판타지 장편소설

리턴즈

인생 2회 차 경력직 신입
칼솜씨도, 인성도 '만렙'인 의사가 돌아왔다!

만성 인력난에 시달리는 흉부외과에 들어온 인턴
메스도 잡아 본 적 없는 주제에
죽을 생명을 여럿 살려 내기 시작한다?

"이 새끼, 꼴통 맞네."
"죄송합니다."
"잘했어!"
"네?"

출세만을 좇으며 살았던 전생
이렇게 된 이상 인생도 재수술 한번 가자!

무데뽀(?) 정신으로 무장한 회귀 의사
이제부터 모든 상황은 내가 집도한다!

南魔宮帝 남궁마제

문운도 신무협 장편소설

회귀한 뇌왕, 가족을 지키기 위해
정파의 중심에서 제대로 흑화하다!

세상을 뒤집으려는 귀천성에 맞서 싸우다
가족을 모두 잃고 제물로 바쳐진 뇌왕 남궁진화
마지막 순간 원수의 뒤통수를 치고 죽으려 했으나
제물을 바치는 진법이 뒤틀리며 과거로 회귀하다!?

남궁세가의 양자가 된 어린 시절로 돌아온 후
귀천성이 노리는 자신의 체질을 연구하다 기연을 얻고
회귀 전과 다른 엄청난 미모와 함께
뇌전의 비밀마저 알아내 경지를 뛰어넘는데……

가족들에게는 꽃처럼 사랑스러운 막내지만
적이라면 일단 패고 보는 패악질의 끝판왕!
귀천성 패러잡기에 나서다!